행복은 언제나 〜〜〜 내 곁에 있었다

행복은 언제나
내 곁에 있었다

초판 1쇄 인쇄 2020년 6월 10일
초판 1쇄 발행 2020년 6월 16일

지은이 | 한수정
펴낸이 | 임종관
펴낸곳 | 미래북
편   집 | 음정미
본문 디자인 | 디자인 [연:우]
등록 | 제 302-2003-000026호
본사 | 서울특별시 용산구 효창원로 64길 43-6 (효창동 4층)
영업부 | 경기도 고양시 덕양구 화정로 65 한화오벨리스크 1901호
전화 02)738-1227 (대) | 팩스 02)738-1228
이메일 miraebook@hotmail.com

ISBN 979-11-88794-62-1   (03800)

행복은 언제나

내 곁에 있었다

한수정 에세이

미래북
miraebook

소망

예쁘게 물든 단풍을 바라보니
내 마음도 예쁘게
물들었습니다.
뭉게뭉게 솜털같이 귀여운
구름을 바라보니
내 마음도
뭉게뭉게 둥글둥글해집니다.

작은 소망을 담아
행복을 꿈꾸는 나의 짤막한 시.
나의 시를 보는
그대들의 마음에도
행복이 피어나기를
바래봅니다.

Prologue

3년 전부터 〈아들 둘 가진 여자〉로 일기를 써서 SNS에 올렸다. 인플루언서만큼의 인기 계정은 아니었지만, 나를 팔로우하는 사람들의 공감을 얻었다.

아이를 키우는 집이면 다 느끼는 것이겠지만 두 아들을 키우다 보니 재미난 일도 어이없는 일도 화나는 일도 많았다. 나도 모르게 깡패가 된 모습에 웃음이 터지기도, 아이의 사소한 행동이나 말에 눈물 날 만큼 커다란 감동을 받기도, 자식 키우는 게 참 내 마음처럼 되지 않아 남몰래 운 적도 여러 번이다.

기억으로만 남기기 아쉬운 순간들을 하루하루 기록했다. 그렇게 2년 가까이 일기를 썼다. 내가 좋아서 쓴 글에 여러 사람이 공감해줬다. 공감을 받는 것만으로도 독박육아의 설움을 위로받는 기분이었다.

작년 초, 나태주 시인의 시집에 빠져 읽고, 시 쓰는 작은아이의 시를 보다 보니 나도 시가 쓰고 싶어졌다. 인간관계로 힘들어하던 쌍둥이 언니를 위로하고 싶어 〈위로〉라는 시를 처음 썼다.

세상이 참 네 마음 같지 않아도 슬퍼 말기를.

세상 사람들이 네 마음 같지 않아도 외로워 말기를.

아무도 그 마음 몰라줘도

네 마음 알아주는 내가 있으니.

그 이후로 백 편 넘는 시를 썼다. 대단한 글도, 거창한 글도 아니었다. 그냥 보이는 대로, 느껴지는 대로 솔직한 감정이나 생각을 짧게 썼다.

하늘, 꽃, 나무, 달, 비 등 자연을 보며 느낀 감사, 행복, 위로, 두려움 등의 감정을 시로 적었다. 아이, 언니, 엄마, 남편, 친구를 위로해 주고 싶어 시를 썼다. 나에게 닥친 고난을 극복하고자 마음을 다잡으면서 시를 썼다. 어느새 나의 모든 일상은 글의 소재였다. 일상을 쓰며 크고 작은 내 주위의 행복을 찾았다. 살아갈 힘을 얻었다.

몇 달 전 남편이 갑작스럽게 세상을 떠났다. 깊은 슬픔에 빠졌지만 금방 힘을 얻어 이전과 다름없이 일상을 살아가고 있다.

"뿌뿌."

기적이 나에게 울리고 있다. 기적이 일어나고 있다.

남편의 죽음, 그로 인한 절망은 나를 무너뜨리기 충분했다. 그대로 졸도해 버릴 만한 사건이었다. 그 소식을 들은 순간은 심장이 쿵, 심장마비라도 올 일이었다. 하지만 아무 일도 일어나지 않았다. 무너지지 않았다. 버티고 있다.

지금 나에게 있어 기적은 복권 1등에 당첨되는 일이 아니다. 해가 서쪽에서 뜰 만한 대단한 일이 아니다. 남편의 죽음에도 무너지지 않고 평소처럼 똑같이 지내는 것 자체가 기적이다. 두 아이 앞에서 밝게 웃으며 더 사랑을 쏟으려 노력하고 있다. 그 노력을 알고 아이들도 아픔을 잘 이겨내고 있다. 평소와 다름없는 일상을 보내고 있다. 그의 빈자리가 있지만, 남은 셋서 메우려 노력하고 있다. 구체적이진 않지만 새로운 미래를 꿈꾸고 있다. 꿈꾸는 것만으로도 빈자리로 허전했던 마음이 채워지는 기분이다. 꿈을 가진 것만으로도 커다란 슬픔 속에 감춰진 행복의 실마리를 찾은 것 같다. 나에게 있어 기적은 절망의 순간 무너지지 않고 버텨내고 있다는 것이다. 깊은 슬픔의 시간에 갇혀 있지 않고 행복을 꿈꾸고 있다는 것이다. 그 기적을 일으킨 힘은 시를 쓰며, 글을 쓰며 얻은 것이라 생각한다.

내 글을 읽는 사람들에게도 긍정적인 영향을 주고 싶다고 생각했다. 행복을 주고 싶었다. 기적을 선물하고 싶었다.

나는 자연과 글로 좋은 영향을 받고 긍정적인 힘을 얻어 기적처럼 씩씩하게 살고 있다. 자연이 주는 위로, 좋은 글이 주는 긍정의 힘이 누군가를 살리고 다시 일으켜 세울 수 있다는 걸 누구보다 잘 안다.

사람은 예쁜 걸 보면 기분이 좋아진다. 그래서 뱃속에 아이가 있을 때 좋은 것만 보고 들으며 태교하지 않나. 내가 예쁜 단풍잎을 보고 기분이 좋아지듯, 분홍빛 노을 지는 아름다운 하늘 보고 희망을 꿈꾸듯, 구름을 보고 마음이 평온해지듯 다른 사람이 내 글을 읽고 좋은 기분을 느끼면 좋겠다.

나의 글이 읽는 사람에게 좋은 영향을 줄 수 있는 '예쁜 것' 중 하나면 좋겠다. 외로울 때나 속상한 일이 있을 때 내가 누군가의 한마디 말이나 글로 위로를 받듯 내 글이 다른 사람에게 힘이 되었으면 좋겠다.

차 례

PART 5

내 마음을 지키는 힘

PART 4

지친 일상 속,
마음이 따뜻해지는 순간

PART 1

인생,

인연 따라 흘러왔다가

운명 따라 흘러가는 것

행복은 언제나 내 곁에 있었다

인 생 이 란

인연 따라 흘러왔다가
운명 따라 흘러가는
그것이 인생인가 보다.

영화나 드라마에서만 일어나는 줄로 알았던 일이 나에게 일어났다. '남편의 갑작스러운 죽음.' 그것은 '아프다'라는 한 단어로 표현할 수 있는 정도의 아픔이나 고통이 아니었다.

첫날에는 그 죽음을 부정했다. 실감나지 않았다. 핸드폰 너머로 들린 그의 부고 소식에 가슴이 철렁 내려앉았다. 한참을 어찌해야 할지 모르고 안절부절못했다.

'아이들!'

옆에 있던 두 아이를 안심시켜야겠다고 생각했다. 별일 아니라며 이모 집에 가 있으라고 했다. 눈물은 나지 않았다. 이상하게 차분했다. 전화 받을 때 쿵쾅대던 심장은 왜인지 모르게 조용해졌다. 두 아이를 언니네 집에 맡기고 택시를 잡았다. 택시 타고 가는 내내 손만 만지작만지작. 목적지에 도착하지 않았으면 했다. 이 세상 사람이 아닌 그를 마주할 용기가 나지 않았다. 응급실에 도착했다. 꽉 움켜쥔 주먹만 또 만지작거렸다. 안에서 우는 소리가 들렸다. 우리 가족의 울음 소리였다. 다시 심장이 쿵쾅대기 시작했다. 두 손을 꽉 쥐고 문을 열었다. 그 순간에는 의지할 게 내 두 손뿐이었다. 응급실에 그가 누워 있었다. 하얀 천에 덮인 채 누워 있는 그를 봤다. 슬픈 감정이 느껴지지 않았다.

'지금 이게 무슨 상황이지?'

그저 멍한 기분이었다. 머릿속이 하�‍애졌다는 말이 이럴 때 쓰는 말인가 싶었다. 시간이 그대로 멈춰버린 것 같았다. 이미 차갑게 굳은 그의 손을 잡았다. 눈물이 났지만 여전히 현실로 느껴지지 않았다. 너무 현실감 없는 일이 아닌가!

둘째 날에는 벌써 그가 보고 싶다고 발을 동동 구르며 어린아이처럼 엉엉, 아니 짐승의 울부짖음보다도 더 크게 울었다. 지금이라도 웃으며 나타날 것 같은데 이제 다시는 볼 수 없다니 믿을 수가 없었다. 길고 긴 세월 영영 못 본다니 어찌해야 할까. 끝없이 울부짖었다. 눈물이 마르지도 않고 계속 흘렀다. 의지대로 되는 것이 아니었다.

다음날에는 화장을 막 끝낸, 아직 열기가 남아 있는 그의 유골함을 품에 안고 사랑했다고 말해줬다. 진작 많이 말해 줄걸. 평소에는 그 말하기가 왜 그렇게 힘들었는지. 좋아하는 맥도날드 햄버거가 건강에 좋지 않다고 자주 먹지 말라 잔소리했다. 이럴 줄 알았으면 매일 사다 줄걸. 잘해주지 못한 기억만 났다. 납골당까지 유골함을 안고 갔다. 유골함에 남아 있던 열기가 그의 온기처럼 느껴져, 마치 살아 있는 그를 품에 안고 있는 듯한 착각이 들었다.

그 이후로 며칠 동안은 자책하며 괴로웠다.

'더 잘해 줄걸. 더 많이 사랑해 줄걸.'

불현듯 떠오르는 그의 생각에 숨을 쉬는 게 힘들게 느껴지기도 했다. 가슴에 구멍이 난 것 같은 통증이 느껴졌다. 시도 때도 없이 울음이 터졌다. 아무것도 할 수가 없었다.

지금은 그 아픔과 고통에 직면하고 있자니 아직은 한참이나 남은 인생을 살아낼 수가 없어서 애써 외면하고 있는 중이다. 먼저 하늘나라에 간 그를 외면하고 있는 건 아니다. 그는 항상 내 마음속에 있다. 다만 남겨진 내 상황, 아픔에 대해 외면하고 버텨내고 있는 중이다. 괜찮다, 괜찮다 계속 마음먹으니 정말로 괜찮은 것 같다. 얼마나 다행인가?

지금 이 힘든 시절도, 오랜 시간이 흐른 뒤 내가 눈감는 날이 가까워질 때는 덤덤하게 추억할 수 있는 시절이 되지 않을까.

사람 사이의 인연, 운명은 무엇인가? 인연이란 사람들 사이에 맺어지는 관계라고 한다. 운명이란 인간을 포함한 모든 것을 지배하는 초인간적인 힘, 또는 그것에 의하여 이미 정해져 있는 목숨이나

처지, 인간에게 주어진 피할 수 없는 결정이라고 한다.

옷깃만 스쳐도 인연이라는 말이 있다. 전생에 옷깃을 천 번 이상 스쳐야 현재의 인연이 된다는 말도 있다. 그만큼 사람 사이에 인연을 맺는다는 게 쉬운 일이 아니라는 거겠지. 나의 부모님, 쌍둥이 언니, 남동생, 남편 그리고 두 아들. 가족을 그런 소중한 인연으로 만나게 되었다고 생각한다. 우연이 아닌 깊은 인연으로 가족과 내 사람을 만나 어려움 없이 만족하며 살아온 40년 인생이다.

상상하지 못했던 남편의 갑작스러운 죽음은 받아들이기 어려웠다. 이해하기 힘들었다. 현실을 부정했다.

'왜 이런 일이 일어난 걸까. 어떻게 이런 일이 일어날 수 있지?'

그러다 결론 내렸다. 그의 운명이었다고. 이미 정해져 누구도 어찌할 수 없었던 그의 운명이었다고 결론 내리니 현실로 인정되었다. 더 이상 부정하지 않았다.

인생은 의도한 대로, 원하는 대로 흘러가지 않는다. 계획한 대로 될 때도 있지만 예상하지 못한 일이 일어날 때도 많다. 어떠한 인연으로 누구와 만나고 헤어지게 될지도 알 수 없다. 간절히 원하는 일이 이뤄지는 경우보다 생각지도 못했던 일이 이뤄지는 경우가 더 많지 않나.

선택권 없이 우리 부모님에게서 태어났다. 어릴 적 꿈은 작가였는데 어쩌다 보니 이과를 선택했다. 대학에서는 수리과학부 통계를 전공했다. 중·고등학교 시절 제일 싫어했던 수업 중의 하나가 통계였는데 말이다. 대학 졸업 때까지 ATM 기계로 입출금만 해봤는데 은행에 입사했다. 쌍꺼풀 없고 피부가 까만 사람이 이상형이었는데 쌍꺼풀 진하고 피부가 하얀 사람과 결혼했다. 딸을 낳기 원했는데 아들만 둘이다. 오랜 시간 가깝게 지내던 사람과 지금은 얼굴도 안 보고 산다. 친해질 거라 생각 못했던 사람과 깊은 우정을 나누고 있다. 전혀 관심 없던 시가 좋아져 읽다 보니 시를 쓰고 있다. 시를 쓰고 글을 쓰다 보니 책을 내는 꿈이 생겼다. 그리고 지금은 그 책의 초고를 쓰고 있다. 남편의 죽음이라는, 예상하지 못했던 일이 내 나이 마흔이 되기 전에 일어났다. 세상이 무너지나 싶을 만큼 충격적이었던 그의 죽음 앞에 주저앉아 일어서지 못할 줄 알았지만 꿋꿋이 이겨내고 있다. 초등학생밖에 안 된 어린 두 아이가 아빠의 죽음을 받아들일 수 있을까 걱정했지만 두 아이도 슬픔의 시간을 잘 이겨내고 있다.

잔잔히 흐르는 강물을 가만히 바라보았다. 쉬지 않고 열심히도 흘러간다. 목적지가 정해져 있으니 쉼 없이 흘러가도 나쁘지 않아 보인다.

앞으로 내 인생의 강물은 어디로 어떻게 흘러갈지 모르겠다. 의지와 다르게 쉼 없이 흘러간다. 어디로 흘러갈지 알 수 없으니 답답하고 초조해진다. 알 수 없는 앞날에 불안한 마음이 든다. 한편으로는 예상할 수 없기에 기대가 되기도 한다.

  인연 따라 흘러와서 운명 따라 흘러가겠지. 그렇게 흘러가는 대로 맡겨야겠다. 내 앞에 나타난 인연에 최선을 다하고, 나에게 주어진 매 순간에 최선을 다하며 살아가야겠다.

시, 말없이 짧은 말

　　작년 이맘때쯤의 일이다. 평소 시 쓰기를 즐겨하던 작은아이가 우연한 기회에 SBS 프로그램 〈영재발굴단〉에 '꼬마 랭보'로 출연하게 되었다.

　　과학책만 끼고 살고 재잘재잘 떠들어 대는 이야기의 대부분이 과학 지식에 관한 것인 작은아이였다. 아이가 글 쓸 일이라고는 학교 숙제인 독후감이나 일기뿐이었다. 문과보다는 이과 성향이 많은 아이라고 생각했다.

　　아이가 1학년 2학기 때 학교에서 윤동주 시인의 〈서시〉 외우기 행사를 했다. 그때 〈서시〉를 외우더니 본인도 시를 썼다. 아이가 처음 쓴 시를 별 기대 없이 읽는데 시가 남달랐다. 보통의 1학년 아이 수준이 아니었다.

　　"우와! 너 대단하다. 어떻게 이런 생각을 하고 이런 표현을 했어?"

　　엄마의 칭찬이 좋아서였을까. 그때부터 일 년 넘게 시상이 떠오를 때마다 썼다. 지인의 추천으로 〈영재발굴단〉에 사연을 보냈다.

설마 연락이 올까, 생각했지만 다음날 바로 연락이 왔다. 아이와 미팅해 보겠다고 했다. 피디님이 아이를 만나 이야기를 나눴다.

"이 프로그램에 출연하게 되면 어떨 것 같아요?"

"가문의 영광일 것 같아요!"

그렇게 가문의 영광이 이루어졌다. 열흘 정도 촬영했다. 아이가 시를 쓰게 된 계기도 담고, 시 쓰는 과정도 담았다.

이 프로그램에서는 마지막 부분에 주인공 아이와 그 아이가 뛰어난 분야의 전문가가 만나는 걸 담는다. 그래서 촬영 마지막 날, 나태주 시인을 만나게 되었다. 시인을 만나러 공주풀꽃문학관으로 갔다. 평소 나태주 시인의 시를 좋아해 가는 내내 주인공인 아이보다 내가 더 설레어 어찌할 바를 몰라 했던 기억이 난다. 들떠서 창밖을 내다봐도 풍경이 눈에 들어오지 않았다.

촬영을 마치고 나태주 시인께서 엄마인 나에게도 시집에 유명한 시를 적어 선물하셨다.

자세히 보아야 예쁘다.
오래 보아야 사랑스럽다.
너도 그렇다.

한 자씩 정성을 담아 적어주셨다. 그 순간 받았던 감동은 오래도록 기억에 남아 있다. 이미 잘 알려진 시인데도 나를 보며 지어주신 시 같다는 착각이 들었다. 짧은 만남이었지만 오래 마음이 따뜻했다.

나태주 시인은 평범한 일상, 가족, 자연에 대한 시를 많이 썼다. 시를 읽으면서 이해하기 어려웠던 적이 없다. 화려하게 꾸민 글이 아니라 느껴지는 대로 써내려간 담백한 글이다. 읽고 난 후에 슬프거나 우울해진 적이 없다. 마음이 몽글몽글해지고 행복이 느껴지는 게 사소한 일상에도 감사하게 되는 마법 같다.

가장 좋아하는 건 〈나의 시에게〉라는 시이다. 누군가의 시가 힘들었던 나를 살렸던 것처럼 나의 시도 힘든 다른 사람을 살리기를 바란다는 내용이다. 그 당시 우울했던 내 마음을 정말로 살려냈던 시이다. 시를 통해 마음이 움직일 수 있다는 걸 처음 느꼈다.

아이가 시 쓰는 것을 일 년 넘게 옆에서 지켜봤다. 아이는 사소하게 지나칠 수 있는 것들을 시로 담아냈다. 차 타고 가다 빨간불이 들어와 멈추면 〈신호등〉이라는 시를 썼다. 남편과 내가 다투면 〈불행과 행복〉이라는 시를 썼다. 한동안은 오르골을 돌리다가 〈오르골의 비밀〉이라는 시를 썼다. 사소한 것이 눈에 들어오기 시작했다. 그냥 지나쳐 버리던 것을 관심 있게 지켜봤다. 같은 것을 보며 아이는 이렇게 생각했구나, 반성할 때도 있었다. 아이의 시를 읽으며 감동했다. 부정적인 생각이 들던 상황을 긍정적으로 바꿔 생각하기도 했다.

원래 나는 시에 관심이 없었다. 시는 어려운 거라고만 생각했다. 시를 읽을 일이 없었다.

그러다 매일같이 시 쓰는 아이 덕분에 아이의 시를 봤다. 드라마에 나온 시가 좋아 나태주 시인의 시를 읽기 시작했다. 관심이 생겼다. 다른 작가의 시집을 읽었다. 다양한 시를 읽다 보니 나도 쓰고 싶어졌다. 시를 읽으며 감동하고 위로받고, 때로는 반성했던 것처럼 내 시를 통해 다른 사람을 위로하고 그들의 마음이 좋은 방향으로 움직이면 좋겠다고 생각했다.

주위를 둘러보면 무관심하게 의미 없이 지나쳐 버리는 것이 많다. 노을 지는 하늘, 봄에 돋아나는 연둣빛 새싹, 달랑달랑 간당간당 위태롭게 가지에 매달려 있는 늦가을의 마지막 잎새, 밤하늘에서 나를 내려다보고 있는 달, 장마철 그칠 줄 모르는 비, 똑같아 보이지만 매일 다른 하늘, 후 불면 날아가 버리는 민들레 홀씨 등이 그렇다. 관심 갖지 않으면 그냥 지나치고 만다. 일상에서의 경험도 마찬가지이다.

관심 두지 않고 그냥 지나칠 수 있는 일상과 자연에 관심을 갖고 그 순간 느끼는 것을 시로 쓰고 있다. 시를 쓰면 행복하다. 뿌듯하다. 마음이 채워지는 기분이다.

화려하고 거창하게 쓸 줄은 모른다. 책을 많이 읽은 사람이 아니

멋질 필요 없다.

어려울 것도 없다.

그저 마음에서 마음으로

전해지면 되는 것이다.

라 글을 꾸미는 방법도 모른다. 그냥 느끼는 대로 적는다. 성격이 단순해서 그런가, 내 시 역시 단순할 때가 많다.

내 마음을 움직이는 시는 멋진 표현이 많이 든 시가 아니다. 쉽게 읽히고 누구나 느끼는 감정을 그대로 담아낸 명료한 시이다. 나도 그런 시를 쓰고 싶었다.

내가 생각하기에 시라는 것은 멋질 필요 없다. 어려울 것도 없다. 그저 마음에서 마음으로 전해지면 되는 것이다. 내가 보고 느끼는 것에 진심을 담아 적는다. 그 시를 읽는 사람이 힘들 때 힘이 된다. 행복할 때 공감된다. 그러면 된 것이다.

시가 마음을 전해주는 메신저 역할을 해주면 좋겠다. 내가 누군가의 시를 통해 살아났듯, 나의 시가 다른 사람을 살리면 좋겠다. ☕

꽃이 피었다. 네 마음에

가시만 가득했던

네 마음에

꽃이 피었다.

꽃을 피운 건

물도 태양도 아닌

나의 사랑이었다.

창문을 열고 등교하는 아이를 불러 손을 흔들었다. 아이도 올려다보며 손을 흔들어 줬다. 아이는 계속 뒤돌아 올려다보며 손을 흔들었다. 나도 아이가 보이지 않을 때까지 손을 흔들었다. 보이지 않았지만 웃고 있는 것 같았다. 나도 웃고 있었다. 나도 아이도 서로에게 받았던 마음의 상처가 조금은 회복되었나 보다. 아이 일에 예민하고 성숙하지 못한 엄마와 사춘기가 오고 있던 큰아이와의 갈등. 그로 인한 상처가 회복되는 데 1년이라는 시간이 걸렸다.

나의 약점은 두 아들이다. 누군가 나에게 큰 상처를 주고 싶다면 두 아들을 공격하면 된다. 다른 일에는 감정보다 이성이 앞설 수 있는데, 아이들의 일 앞에서는 이성이 앞설 자신이 없다. 아이의 웃음에 행복을 느끼고 눈물에 큰 아픔을 느낀다. 아이의 사소한 표정 변화까지도 유심히 살피고 의미부여할 정도로 예민하게 반응했다. 하교한 아이의 얼굴이 무표정이거나 어두우면 가슴이 철렁했다.

"학교에서 무슨 일 있었어?"

"아니."

"진짜로 아무 일 없었어?"

"응."

아무 일 없었다면 그런 줄 알면 되는데 엄마 걱정할까 봐 말 못하는 건 아닌가 고민했다.

아이의 삶에 적정한 책임감을 갖는 것이 힘들었다. 사랑하는 만큼 잘 키워내야겠다는 책임감에 과한 성실함으로 아이를 힘들게 했다. 글 읽을 줄 모를 때부터 부지런히 책을 읽어줬다. 구연 동화하며 실감나게 읽어주니 재밌어했다. 틈만 나면 읽어달라고 책을 꺼내왔다. 그렇게 열심히 읽어 주다 보니 어느 순간 스스로 한글을 깨쳐 읽었다. 도서관에서 매일 한글책, 영어책을 빌려다 읽어줬다. 피곤하고 귀찮은 날에도 성실하게 읽어줬다. 내가 노력하는 만큼 아이도 흥미를 갖고 배우니 뿌듯했다. 엄마로서 잘하고 있구나 안심되었다. 하나를 가르쳐 주면 열을 아는 아이였다. 욕심이 생겼다. 하나만 가르쳐도 되는데 그 이상 가르쳐 한다는 압박감 같은 게 생겼다. 학원에서 수업 받고 집에 오면 배운 내용을 제대로 이해했는지 다시 앉혀놓고 확인했다. 영어 유치원에서 읽기를 배울 때 쓰기까지 가르쳐야 마음 편했다. 아이가 지식에 대한 욕구가 컸는데 아이가 원하는 이상의 지식을 넣어주었다. 주변에서 뭐든지 잘한다 하니 더 잘하는 아이로 키우고 싶다는 욕심이 생겼다. 몇 년을 그렇게 지내다 보니 어느새 극성 엄마가 되어 있었다. 사랑하는 마음을 부담감이 덮어 버렸다. 적정한 책임감을 넘어서 욕심쟁이 엄마가 되었다. 아이의 마음이 나와 멀어지고 있는 것도 모르고, 아이가 상처받고 있는 줄도 모르고 더 채찍질했다.

아이의 타고난 본성을 이해한다면서도 내 기준에 맞지 않는 모습에 잔소리했다. 놀이터에 데리고 나가면 놀이터 밖으로만 뛰어나가는 아이가 당황스러웠다. 사람 많은 길에서 바닥에 드러누워 장난치는 아이에게 꿀밤을 쥐어박기도 했다. 모범생이고 부모님 말씀 잘 들었던 나는 선생님한테 지적받는 아이가 이해되지 않았다. 늘 인상 쓰고 소리 질렀다.

"선생님한테 혼날 행동을 하지 말아야지."

"길거리에서 장난치면 안 돼!"

"다른 사람을 배려해야 해. 민폐 끼치면 안 돼."

"도대체 누굴 닮아 그러는 거야!"

아이 마음에 상처 주는 모진 말도 많이 했다.

그러면서 자유영혼인 두 아이를 주말마다 동네 산에 데리고 가 함께 자연을 느꼈다. 작은아이가 다섯 살 때 등산 도중 힘들다고 울어

아이를 업고 정상까지 올라간 적도 있다.

"아가야, 그러다 엄마 죽어."

"내려서 걸어가. 엄마 힘들겠다."

지나가는 등산객마다 한마디씩 했다.

몸은 힘들었지만 두 아이와 정상 등반할 생각에 설렜다. 모래 놀이터에서 신발을 벗어던지고 모래범벅이 되어 뒹굴어도 뭐라 안 하고 함께 뛰어 놀았다. 비 오는 날에는 물총을 갖고 나가 물총싸움을 했다. 나도 두 아이도 모두 즐거운 시간이었다.

나는 잘하고 있다고 생각했다. 잘 놀아주고 성향을 존중해 주는 좋은 엄마라고 자만했다. 이렇게 해주면 아이를 혼내고 다그치며 상처 줬던 게 바로 회복될 거라 착각했다.

순수하고 착해 말 잘 듣던 큰아이가 나로 인한 마음의 상처가 컸나 보다. 나에게 사랑 많이 받고 나를 사랑했던 만큼 상처도 많이 받았던 것 같다. 사춘기가 조금 빨리 왔다. 뭐라고 한마디 하면 도끼눈이 되어서는 열 마디 하는데 다 맞는 말이어서 할 말이 없게 만들곤 했다.

어느 날, 친정엄마와 통화를 하며 아이의 반항에 대해 하소연했다.

"'효자야!' 하고 불러봐. 그러면 진짜 효자된다."

좋은 방법이겠단 생각이 들었다. 아이가 무얼 하든 '효자'라 부르니 마법 주문처럼 효자가 되려고 노력하는 게 보였다. 사소한 말투 변화를 시작으로 서로에게 받았던 마음속 상처를 회복하고자 했다. 손을 맞잡고 아이 눈을 바라보며 말했다.

"엄마가 그동안 네 마음에 상처를 줘서 미안해. 용서해 줄 수 있어?"

"응."

아이의 대답에 눈물이 흘렀다. 서로 껴안고 울었다.

잘못된 방식의 사랑, 과한 성실함으로 아이를 힘들게 했던 지난날을 반성했다. 무엇보다 아이와 관계회복이 가장 중요하다는 걸 깨

달았다. 초심을 찾고 좋은 엄마가 되어야겠다고 생각했다. 아이에게 사랑만 주던 어린 시절을 떠올렸다. 그때처럼 사랑 표현을 해주려 노력했다. 습관처럼 하던 잔소리를 줄이고 칭찬해 주려 노력했다. 조급했던 마음을 비웠다. 부담감도 떨쳐 내려 노력했다. 욕심을 버리고 아이를 향해 추구하던 완벽주의를 내려놓았다. 내가 변하니까칠하고 반항기 있던 아이도 엄마를 마냥 사랑하는 어릴 적 모습을 되찾았다.

그렇다고 그림같이 서로 사랑만 주고받는 건 아니다. 가까이 오래 붙어 지내는 사이기에 싸울 때도 있지만, 이 정도는 사랑싸움이라 해두기로 하자.

눈이 부신 나의 오늘

오늘, 지금 이 순간.

돌아서면 이미 지나가 버린 순간.

한 번 지나면 돌아오지 않는 오늘.

그래서 소중한 오늘을,

눈이 부신 지금 이 순간을

오롯이 만끽하기를.

아이가 학원 마칠 시간이 되었는데 친구와 통화하다 보니 데리러 갈 시간에 늦었다.

"어머! 준이 데리러 가야 하는데, 늦었다! 끊자!"

"응. 아쉽다. 왜 우리는 늘 이렇게 시간이 부족한 걸까."

친구와의 수다는 끝내기가 힘들다. 할 말이 끝도 없다. 마음껏 수다 떨 시간이 부족하다.

급하게 차에 시동을 걸어 출발하려던 찰나였다. 차 앞으로 백발의 꼬**부랑** 할머니가 지나가고 있었다. 평소 같았으면 급한 마음에 경적을 울렸을 텐데 참았다. 마음은 바빴지만 경적을 누르지 않고 가만히 지나가기를 기다렸다. 한 걸음 옮겨 내딛는 것조차 힘겨워 보이는 백발노인의 뒷모습을 보고 있자니 서글픈 마음이 들었다.

'나도 언젠가 저렇게 노인이 되겠지. 저 분도 나처럼 젊은 시절이 있었을 텐데.'

그녀도 한때는 이 세상의 중심이었을 것이다. 정신없이 바빴을 것이다. 슬퍼할 일도 기뻐할 일도 많았겠지.

"너무 오래 산 것 같아. 빨리 죽어야지."

우리 할머니가 입버릇처럼 하는 말이다. 혼자 살며 오죽 쓸쓸하고 심심하면 그런 말을 할까 싶다.

할머니는 이제 맛이 제대로 느껴지지 않으니 식사하는 즐거움보다는 차릴 때 귀찮은 마음이 크다 한다. 조금 걷고 나면 다리가 아파 한참을 쉬어야 한다. 몇 년 전까지 다니던 산악회 모임도 못 간다. 자주 만나며 가까이 지내던 친구들은 이제 살아 있는 분이 더 적다. 바람을 쐬러 밖에 나가서도, 집에 돌아와서도 크게 할 일이 없으니 매일이 지루하다 한다. 딱히 할 일도 없고 필요로 하는 사람도 없으니 무료하여 하루가 길게 느껴진다고 한다. 할머니도 눈썹 휘날리

며 뛰어다닐 만큼 바빴던 시절이 있었다. 기운 넘치던 때가 있었다.

할머니는 아빠가 어릴 때 가장이 되어 명동거리에서 가판으로 장사를 시작했다. 열심히 일해 가게를 내고 돈을 벌었다. 장사하면서 아빠를 가르치고 키웠다. 얼마나 힘들었을까. 홀로 돈 벌며 아이 키우려니 얼마나 고됐을지 겪어보지 않았어도 짐작이 간다. 꿋꿋이 그 힘든 시절을 버텼다. 그렇게 강하게 '눈부신 오늘'을 보내온 우리 할머니.

요즘 할머니는 만날 때마다 나를 앉혀놓고 지난 시절 이야기를 들려준다. 했던 이야기를 자꾸만 들려준다. 들었다고 해도 계속 말한다. 눈부셨던 그 시절이 그리워서일까. 이 세상의 중심이었던 그때로 돌아가고 싶어서일까.

지금 나는 책임감과 부담감이 무겁게 느껴진다. 위로는 부모님을, 아래로는 아이들을 신경 써야 한다. 웃을 일도 울 일도 많다. 화날 일도 기쁠 일도 많다. 빨리 나이 들어 아무것도 안 하고 싶다고 생각하기도 한다. 정신없이 바쁜 일상이 지겹다 느껴질 때가 많다. 다 귀찮을 때도 있다. 아무도 날 찾지 않았으면 좋겠다고 생각할 때도 있다.

세월이 흘러 머리가 하얗게 세고 기운이 없어지는 할머니 나이가 되면 이 세상의 중심에서 물러나야 될 것이다. 그때는 딱히 할 일도 없고 나를 필요로 하는 사람도 없지 않을까. 부모님은 세상을 떠날 테고, 아이들은 자신들의 삶에 최선을 다하느라 바쁘겠지. 한 걸음 내딛기도 숨이 차 좋아하는 산책도 큰마음 먹어야 겨우 가능하겠

지. 자주 만나던 친구도 나처럼 기운이 없어 서로 만나기 힘들어지 겠지. 소리 내어 웃을 일도 눈물 흘릴 일도 없지 않을까. 정신없이 바빴던 시절이 그리워 찾아온 손주를 붙잡고 지난 시절 이야기를 하고 또 하겠지.

남편은 직장에서 맡은 일이 많았다. 최근 몇 년 동안 '번 아웃' 된 것 같다는 말을 자주 했다. 밖에서 힘든데 어쩌다 집에 일찍 온 날에 도 마음껏 쉬지 못하고 아빠만 기다린 두 아이와 놀아줘야 했다. 엄 마인 나는 집에서 사춘기가 가까이 온 두 아들 키우며 속 끓일 일이 많았다. 몇 년째 독박육아하느라 지쳤다. 두 아이가 끝없이 나를 찾 았다. 남편과 나는 서로 힘든 걸 알아주길 바라면서 싸우기도 했다. 종종 현재의 삶이 버겁게 느껴졌다. 걱정할 일, 신경 쓸 일이 많아 머리가 터질 것 같을 때도 있었다. 빨리 이 힘든 시절을 건너뛰어 늙 고 싶다고 생각한 적도 있었다.

정신없이 바쁘게 지내서 그런지 시간이 빨리 간다. 큰아이 태어난 게 얼마 안 된 것 같은데 어느새 12년이 지났다. 내 나이 삼십 몇 살인가 했는데 어머, 마흔이다! 내가 불혹이라니. 하루가 얼마나 빨리 가버리는지 모르겠다. 시간이 화살보다 빠르다고 했던가. 그렇게 빨리 지나쳐 버리면 다시는 돌아오지 않는 나의 오늘이다. 노인이 되면 그리워질 소중한 오늘이다. 어느 드라마에서 지금 삶이 힘들어도 이 세상에 태어난 이상, 이 모든 걸 매일 누릴 자격이 있다고 했다. 대단하지 않고 별거 아닌 하루가 온다 해도 인생은 살 가치가 있다고 했다. 그 말에 공감한다. 지치고 힘들더라도 세상의 중심에서 눈이 부신 나의 오늘을 고맙게 생각해야겠다. 다시는 돌아오지 않을 이 순간을 불평하지 않고 그 자체로 만끽하며 지내야겠다.

내려놓아야 할 순간에

온통 네 생각뿐인 게
사랑인 줄 알았다.
내 머릿속
네 생각을 조금 줄이니
네가 편해 보인다.

작년 언젠가 감기인 아이를 데리고 소아과에서 진료받기를 기다리는데 10개월 정도 되어 보이는 남자 아기가 눈만 마주치면 방긋웃었다.

"어머! 너 진짜 귀엽다!"

나도 환하게 웃으며 아이에게 말을 건넸다. 한참 아이의 손을 잡고 예쁘다, 귀엽다 하다가 갑자기 울컥, 눈물이 났다. 옆에서 보던 간호사 선생님이 물었다.

"아니, 건이 엄마는 애 귀엽다고 웃다가 왜 갑자기 울고 그래."

"갑자기 애들 어릴 때 생각나서, 그 시절이 그리워서 그래요."

어려서부터 아기를 예뻐했다. 아기와 마주치면 꼭 손이라도 잡아 봐야 했다. 내 아이를 낳고 보니 더 예뻤다. 힘든 줄도 모르고 열심히 사랑만 주다 보니 육아가 적성에 맞는 줄 알았다. 하지만 하면 할수록 어려운 게, 산 넘어 산인 게 육아더라. 마음처럼 되지 않는 게 육아였다. 아이를 사랑하는 만큼 잘 키워야겠다는 부담과 욕심이 생겨 아이를 힘들게 했다.

어릴 때부터 똘똘했던 큰아이는 지식습득 욕구가 남달랐다. 관심 있는 분야에 대한 책은 책장이 너덜너덜해질 때까지 읽고 또 읽었다. 몇 페이지에 무슨 내용이 있는지 외울 정도였다. 처음에는 아이가 원해서 다양한 경험과 지식을 넣어줬다. 아이가 공룡에 빠졌을 때는 공룡박사라 부르며 공룡전시나 박물관을 찾아 데리고 다녔다. 곤충박사일 때는 전국의 곤충박물관에 데리고 다녔다. 장수풍뎅이, 사슴벌레를 여러 마리 키웠다. 아이는 책이나 전시, 박물관에서 본 공룡, 곤충을 그려달라고 하더니, 나중엔 스스로 그리는 데 재미를 붙였다. 그렇게 그린 공룡과 곤충이 수백 마리가 넘었다.

영어 유치원 다니던 시절에는 매일 도서관에서 책을 빌려와 읽어 줬다. 한 권 다 읽으면 다른 책을 가져와 또 읽어 달라고 했다. 열심히 책을 읽어준 덕에 또래 아이들보다 먼저 글을 읽기 시작하더니 어느 날 노트를 가져오며 말했다.

"엄마, 이번에 제주도 여행 갔을 때 바다에서 해초 건져서 놀았잖

아. 그거 일기로 쓰고 싶은데 어떻게 하면 돼?"

읽는 법을 배우더니 가르치기도 전에 쓰는 법을 배우고 싶어 했다.

9살 때 일기에 이런 표현을 썼다.

'그리움이 비가 되어 내렸다.'

"어머, 너 이런 표현은 어디서 들었어? 책에서 본 거야?"

"아니, 내가 쿠키런 게임하는데 비 내리는 장면이 나왔거든. 그 장면이 기억나서 써 봤어."

게임하면서 봤던 이미지를 떠올려 글로 이렇게 멋지게 표현할 줄 알다니, 고슴도치 엄마는 아이가 대견했다. 놀면서도 뭔가를 배우는 것 같아 신기했다.

본인이 배운 것 이상으로 느낌을 표출하는 모습에 욕심이 생겼다. 똑똑한 아이를 잘 가르치고 키워야겠다는 생각이 들면서부터 머릿속에 아이 생각만 가득했다.

'오늘은 이걸 가르쳐줘야겠다. 이게 끝나면 저걸 가르쳐야겠다. 오늘은 이 지식을 넣어줘야겠다. 내일은 저 지식을 넣어줘야지.'

과유불급이라고 하더니 아이에게 많은 것을 가르치고자 하고 욕심낼수록 아이는 나와 멀어졌다. 처음에는 서로 즐거워했던 다양한 분야의 공부가 점점 부담이 되어갔다. 나는 더 가르치고 싶어 했고 아이는 힘들어했다. 배움에 대한 욕구가 컸던 아이가 배우는 것에 스트레스를 느꼈지만 잘하던 아이가 뒤처질까 불안해 오히려 다그쳤다. 아이가 힘들다 하면 마음이 아팠지만 다른 친구들도 다 이 정도는 한다며 조금만 더 노력해보자고 말했다. 나도 아이도 마음에 여유가 없어졌다. 사소한 일로 자주 싸웠다. 난 혼내고 잔소리하는 일이 많아졌고, 아이는 짜증내고 반항하기 시작했다. 미워하는 마음까지 들었다. 사랑만 주고받던 시절의 우리 모습은 오래전의 추억 같았다. 그 시절이 그리워 눈물이 났다. 잠든 아이 옆에서 사랑만 충만하던 몇 년 전 사진을 보며 울었다.

아이의 소중한 삶인데 엄마라는 이유로 간섭하며 힘들게 하고 있는 건 아닌가 싶었다. 내 욕심으로 아이에게 상처주고 있다는 걸 왜 진작 몰랐을까. 믿는다면서 믿고 맡기지 못해 미안했다. 이대로 가면 안 되겠다는 생각이 들었다. 이렇게 지내다가는 아이와 돌이킬 수 없이 멀어지겠구나 싶었다.

욕심과 부담을 버리고 아이를 믿어주겠다고 다짐했다. 쉽지 않았다. 잔소리보다는 칭찬을 해주려고 노력했다. 습관이 된 잔소리를 줄이는 건 어려운 일이었다. 그래도 노력했다. 머릿속에 가득 찬 아이에 대한 생각을 비웠다. 아이에게 무얼 해줄까만 고민하던 습관을 버렸다. 내가 좋아하는 걸 찾았다. 글쓰기를 시작했다. 그러다 보니 아이에 대한 집요한 생각이 줄었다. 나도 아이도 편해졌다. 아이의 마음속 상처가 어느 정도 회복되기까지 1년의 시간이 걸렸다.

얼마 전, 학교 다녀온 큰아이가 환하게 웃으며 달려왔다. 어릴 적 보던 웃음이었다. 그리움에 사진으로 찾아보던 그 웃음이었다.

"아~ 엄마가 그리웠어."

"학교 간 동안?"

"응, 학교에 있는 동안 엄마가 그리웠어!"

그 말에 마음이 찡, 눈물이 핑 돌았다.

"엄마는 이런 네가 그리웠어."

아침마다 기도했다. 욕심을 내려놓게 해달라고. 완벽주의를 내려놓게 해달라고. 틈 날 때마다 기도했다. 그러다 보니 어느 순간 놓아졌다. 안 될 줄 알았는데 '내려놓음'이 되었다!

온통 아이 생각뿐인 게 사랑인 줄 알았다. 아이 생각만 하다 보니 집착이 되었다. 잘못된 방식의 사랑이었다. 머릿속에 빈틈없이 채워졌던 아이 생각을 조금 줄이고 나니 아이가 편해 보였다. 반항하고 짜증만 내던 아이가 나를 보며 다시 웃어줬다. 그런 아이를 보며 나도 편해졌다.

잘못된 방식의 사랑을 내려놓아야 할 순간에 내려놓아 다행이다. 늦지 않게 엄마로서 자신을 돌아보고 반성하여 아이와 관계를 회복함에 감사하게 된다. ☕

우연, 아니 인연!

"엄마! 빨리 여기로 와 봐!"

"엄마! 대박 사건!"

아침부터 두 녀석이 들뜬 목소리로 나를 불렀다.

"무슨 일인데?"

아이 방에 가서 보니 창문 블라인드 줄에 돌돌 말려 있던 식물 줄기에 꽃이 피어 있었다. 얼마 전, 어디서 어떻게 왔는지 모르게 날아와 아이 방 창가 작은 화분에 싹을 틔운 것이었다.

"엄마, 여기 봐! 내가 학교에서 심어온 장미허브 옆에 작은 싹이 텄어."

"이건 무슨 싹일까?"

"글쎄, 강낭콩인가?"

"아, 그런가 봐!"

우리끼리 강낭콩 새싹이라 결론 내리고 며칠 잊고 지냈다.

닷새쯤 지났을까. 실처럼 가녀린 줄기가 씩씩하게 창 블라인드 줄을 타고 올라가고 있었다. 물을 준 적도 없고 아예 신경 쓰지 않고 있었는데 말이다.

'야리야리한 게 강단 있게 잘도 올라간다.'

대견함에 한참을 바라보았다. 나처럼 성격이 급한 건지, 아이처럼 성장이 빠른 건지 그렇게 얼마 지나지 않아 그날 아침 꽃이 피었던 것이다.

"강낭콩이 아니라 나팔꽃이었네!"

"잘 키워줄게. 이름 붙여주자. 소중한 인연이니까 소중이 어때?"

"그래, 소중이!"

두 아이와 나는 우연히 찾아온 이 친구가 반갑고 귀여워 이름까지 붙여주고 한참 동안 바라보았다. 아이들도 이 나팔꽃과의 인연이 신기했는지 수시로 작은 화분을 들여다봤다. 게임이나 독서 말고는 시키지 않으면 스스로 하는 일이 거의 없는 두 아이가 스스로 '소중이'를 챙겨 물을 줬다.

곤충, 바람, 물 따위에 의해 저절로 이루어지는 자연수분은 자연스러운 현상이다. 흔히 일어나는 일이었다. 사소하게 지나칠 수 있는 일이지만 난 생각할수록 신기했다.

"어디서 온 꽃가루였을까? 바람에 날아왔을까. 빗방울에 딸려 왔나. 코앞에 산이 있고, 넓은 화단도 있고, 창밖에 다른 화분도 많은데 우리 집 이 작은 화분에 자리 잡다니. 너무 신기하지?"

"그러게."

"우리는 인연인가 봐!"

기쁠 때나 슬플 때나 항상 함께하는 친한 친구가 있다. 쌍둥이 언니와도 친해서 셋이 만날 때도 많다. 가족같이 느껴지는 친구다. 어릴 때 만난 친구도 아니고, 학창 시절 만난 친구도 아니다. 오래 알고 지낸 친구가 아니다. 4년 전 인스타그램에서 소통하며 알게 된 친구이다.

'나와 나이가 같다. 성도 같다. 같은 대학을 졸업했다. 나처럼 옷을 좋아한다. 아이를 키우는 엄마다.'

처음에는 이 정도만 알았다. 서로 올린 글이나 사진에 댓글을 달며 짧게 대화하고 지냈다. 짧게 나누는 대화여도, 이 친구와 대화하고 나면 기분이 좋았다. 친구가 올린 사진과 글을 보면 왠지 마음이 통하는 느낌이었다. 그렇게 지내다 보니 직접 만나지 않고 있는 게 이상하게 느껴질 정도였다. 1년 정도 지났을 때 만나기로 했다.

두근두근. 이렇게 누군가를 만난다는 게 재미있고 신기했다. 약속 며칠 전부터 어떤 옷을 입고 나갈지 고민했다. 전날 밤엔 설레어서 잠이 오지 않았다. 대학 시절 처음 소개팅 나갈 때보다도 더 떨렸다. 웃음이 났다. 어이없기도 했다.

'이렇게 떨릴 일인 거니.'

드디어 만난 그녀. 서로 만난 건 처음이었지만, 1년 넘게 소통하며 마음을 나눠 그런지 어색하지 않았다. 이런저런 대화를 나누다 보니 놀라운 사실을 알게 되었다. 남동생이 입시 준비로 화실에 다닐 때 친하게 지내던 선생님이 있었다. 그 당시에 남동생이 그 선생님 이야기를 자주 해서 기억에 남았는데, 이 친구가 바로 그 선생님이었다.

"어머! 세상이 이렇게 좁다니. 네가 그 선생님이었어?"

"어쩜 이런 일이 있니? 우리는 정말 인연인가 봐."

서로 끌리는 게 있다 했는데, 역시 깊은 인연이 있었나 보다.

사람 사이에 있다는 빨간 실 이야기가 떠올랐다. 그 이야기에 따르면 사람마다 새끼발가락에 눈에 보이지 않는 빨간 실이 매여 있고 복잡하게 엉켜있는 그 실 끝에 다른 사람의 새끼발가락이 묶여 있는데 서로 묶여 있는 그 두 사람이 인연이라는 것이다. 아무리 원수지간이라 하더라도 빨간 실로 이어진 인연은 반드시 만나게 되어 있다고 한다.

"우리 새끼발가락에 빨간 실이 매여 있나 봐!"

우연히 우리 집에 날아와 싹 틔우더니 꽃까지 피운 나팔꽃과의 인연처럼, 빨간 실로 연결된 인연처럼 내가 만난 모든 사람과의 인연이 이런 게 아닐까 싶다.

세계인구 약 78억 명, 우리나라 인구 약 5천만 명 중 부모님, 남편, 언니, 남동생, 두 아들 그리고 많은 친구를 만났다. 우연히 또는 운명처럼 만나 스쳐 지나간 사람도 있고 소중한 관계를 맺고 가깝게 지내는 사람도 있다. 40년간 살아오며 만난 사람 모두가 인연으로 만난 게 아닐까. 인연이 아니었다면 만날 일도 없었을 것이고 만났다 하더라도 지나쳐 보냈을 것 같다.

우연히 날아와 여기 이곳 내 마음에 자리 잡아 싹 틔웠다. 그리고 마음 가득 꽃이 피었다. 어느새 마음에 들어와 싹 틔우고 꽃을 피운 모든 인연에게 이 시를 선물하고 싶다.

우연히 날아와

여기 이곳에 자리 잡아

싹을 틔우더니

어느 날 보니 꽃이 피었다.

우리는 인연인가 보다.

수다쟁이

날이 좋을 때면 두 아이의 등교 후 강아지 초코와 산책을 나간다. 초코도 즐거워 보이고 나도 그 시간이 좋다. 초코는 종종걸음으로 바람 쐬며 신나고, 나도 답답한 마음도 정리하며 주변의 꽃과 나무를 보는 게 즐겁다. 그래서인지 초코는 내가 외출옷만 입으면 졸졸 따라다니며 앞발을 들고 서서 꼬리를 흔든다. 동그란 눈으로 날 쳐다보며 저도 데려가라 조른다.

아파트 현관을 지나 정문으로 가는 길 낮은 언덕에 느티나무 두 그루가 있다. 20년 넘은 아파트 지을 때 같이 심었는지 아파트 5층 높이만큼 크고 한여름에는 잎도 무성해 창문으로 등교하는 아이를 내려다 봐도 보이지 않는다. 워낙 커서 시나살 때마다 저절로 눈에 들어온다. 그 느티나무를 올려 보았다. 솔솔 부는 바람에 풍성하고 길게 늘어진 잎이 손을 흔들어댔다. 쉴 새 없이 나를 보며 손 흔들었다. 한번 인사했으면 됐지 끝없이 살랑살랑. 이 잎도 팔랑, 저 잎도 팔랑.

그 나무 어딘가에서 까마귀 울음소리가 들렸다. 근처에 산이 있어 산에 사는 까마귀가 자주 놀러 내려온다.

"깍, 깍, 깍."

저쪽 나무 어딘가에서도 소리가 들렸다.

"깍, 깍, 깍."

조금 지나니 사방에서 깍깍거렸다.

"아우, 시끄러."

아랑곳하지 않고 서로 경쟁하듯 울어댔다. 들려주고 싶은 이야기가 많은 것 같았다. 아침부터 뭐 그리 할 이야기가 많은지 끝도 없이 재잘댔다.

저를 보라고 손 흔들어 인사하는 느티나무와 끝없이 이어지는 까마귀의 수다에 웃음이 났다. 수다쟁이 두 아들이 떠올라 혼자 소리내 웃었다.

두 아이는 하루 종일 떠든다. 셋이 집에 있으면 잠시도 조용한 순간이 없다. 어떨 때는 두 아이의 수다에 정신이 하나도 없다.

"얘들아, 정말 미안한데 잠깐만 조용히 있어도 될까?"

수다를 잠시 쉬어달라고 간곡히 부탁하기도 한다.

아침마다 등교 준비만으로도 바쁜데, 잠에서 깨자마자 서로 자기 이야기 들으라고 재잘재잘했다. 그러면서 매일 왜 그렇게 늦게 일어나는지. 아침마다 전쟁이다. 지각을 면하려면 일분일초가 부족한 마당에 지금 당장 해야 할 만큼 중요한 이야기도 아닌데 수다 보따리를 풀어 놓는다.

"엄마, 내가 꿈을 꿨는데 썬더죠를 잡았어. 그거 진짜 잡기 힘든 캐릭터인 거 알지?"

큰아이는 좋아하는 게임 캐릭터가 꿈에 나온 이야기를 시작했다.

"나 스톰버드도 잡았어."

"응, 그랬구나."

작은아이는 읽던 책에 나온 지식 이야기였다.

"엄마, 그거 알아? 달의 자기장은 10억 년 전에 사라졌대."

"어머, 정말?"

아침부터 성난 얼굴 하기가 싫어 꾹 참고 두 아이의 이야기에 응해주었다. 누구 한 사람의 말에 대답을 안 하면 토라지니 답을 안 할 수가 없었다.

"엄마, 왜 내 말 안 들어!"

"엄마, 왜 내 말에는 대답을 안 해."

급한 엄마 마음을 알 리 없는 두 아이는 밥 먹을 생각은 안 하고 각사 이야기를 이어갔다. 서로 이야기하겠다고 다투기도 했다.

"내가 말하고 있잖아."

"왜 형만 말해."

시계를 보니 8시 30분이 넘어가고 있었다. 늦어도 8시 40분에는 출발해야 하는데 아직 밥도 많이 남아 있었다. 당연히 세수와 양치는 하기 전. 게다가 잠옷 바람이었다.

'아우, 이러다 지각하겠네.'

결국 소리를 꽥 질렀다.

"이제 이야기는 그만하고 준비해!"

남은 10분 동안 빛의 속도로 밥 먹기, 세수와 양치하기, 옷 갈아입기를 마치고 아슬아슬하게 등교했다. 대단한 재능이다. 끝없는 수다의 능력도, 빨리 준비하는 능력도 말이다.

나를 붙잡고 시도 때도 없이 자기 이야기 들어달라는 두 아이는 그 순간 그 이야기를 정말로 들려주고 싶어서였을까. 엄마에 대한 사랑을 수다로 표현했던 걸까. 엄마의 관심을 원해서였던 걸까.

멈추지 않고 손짓하는 느티나무 잎을 바라보며 한동안 멍하게 멈춰 서 있었다. 사방에서 깍깍 울어대는 까마귀 수다를 가만히 듣고 있었다. 마음 급한 초코가 빨리 가자며 낑낑댔다. 하교하면 아이들 보여주려고 주머니에서 핸드폰을 꺼냈다. 카메라를 열어 동영상을 촬영했다. 엄마를 보며 끝없이 손 흔드는 게, 서로 자기 이야기 들어달라고 깍깍대는 게 꼭 너희 같았다고 말해줘야지. ✎

이 아이를 쳐다보니

저 아이가 봐 달라 손 흔들고

저 아이를 바라보니

이 아이가 봐 달라며 손짓한다.

서로 자기만 봐 달라는

우리 집 두 아이 같구나.

깍, 깍, 깍.

아침부터 뭐 그리

할 이야기가 많니?

나를 보며 끝도 없이

재잘대는 게

꼭 우리 집 두 아이 같구나.

일몰

분홍빛 노을 지는 하늘이
슬프도록 아름답다.
연보랏빛 하늘에 반해
넋 놓고 본 지 얼마 되지 않아
어둠이 깔리기 시작했다.
곧 하늘이 온통 까맣게 물들었다.
찰나의 순간이었다.

작은아이가 영어 학원에 가는 시간이 저녁 6시이다. 겨울인 요즘 해가 지기 시작하는 시간이다. 15분 정도 운전해 태워다 주는데 아이와 난 차에서 각자 바쁘다. 책 읽는 게 최고의 즐거움인 아이는 차에 탄 15분 동안에도 책 본다고 정신없다. 나는 운전하며 듣는 노래에 심취한 채 노을 지는 하늘에 빠져 있다. 같은 시간인데도 날마다 나를 반기는 하늘빛이 다르다. 어떤 날은 분홍빛, 또 다른 날은 옅은 주황빛이다. 하늘이 불타는 것처럼 새빨간 날도 있다.

오늘 노을 지는 하늘은 크림소다색 도화지에 물을 잔뜩 섞은 분홍색 물감으로 칠한 후 곳곳에 연보라색 물감을 뿌려놓은 듯했다. 하늘이라는 정원에 분홍빛 핑크튤립과 연보라빛 라일락꽃이 만개해 있었다. 봄에나 느낄 수 있는 달콤하면서 은은한 라일락향이 느껴지는 듯했다. 마음속 깊은 곳에 자리 잡고 있는 그리움이 아름다운 하늘 저 끝에 닿아 보고 싶은 사람을 만날 수 있으면 좋겠다고 생각했다. 슬프도록 아름다운 하늘을 바라보니 눈물이 핑 돌았다.

"준이야, 하늘 좀 봐. 너무 아름다워!"

아이도 멋진 이 순간의 하늘을 봤으면 싶었지만 묵묵부답, 요지부동 책만 보고 있다.

"잘 다녀와."

아이를 학원에 내려주고 차를 돌렸다. 금세 어둠이 깔리기 시작했다. 하늘 정원에 겨울이 와 핑크튤립도 라일락도 다 지고 앙상한 가지만 남은 어두운 갈색 빛을 띠고 있었다.

"벌써 해가 다 져버렸네."

아쉬워할 틈도 없이 금세 하늘이 온통 까맣게 물들었다. 찰나의 순간이었다. 마치 인생 같다고 생각했다.

대학교 1학년 때 처음 연인과 헤어졌던 날의 기억을 떠올렸다. 마음이 고통으로 가득했다. 처음 겪어 보는 쓰라린 아픔이었다. 회복되지 않을 것 같았다. 벗어나지 못할 것 같았다. 이대역에서 집에 가려고 지하철을 탔다. 빈자리가 있어 자리에 앉았다. 아현역 무사 통과. 충정로역을 지났다. 잘 버티다 갑자기 눈물이 맺혔다. 주르륵 흘러내렸다. 당황해서 가방을 뒤졌다. 휴지가 없었다. 줄줄 쏟아지는 눈물에 어쩌지를 못하고 내렸다. 잠실역까지 한참 남았는데 겨우 세 정거장만에 내렸다. 시청역 의자에 앉았다. 처음에는 눈물만 흘리다 급기야 흐느껴 울었다. 지나가는 사람들이 힐끔힐끔 쳐다봐도 창피한 줄 모르고 그렇게 한참 울었다. 그 시간이 길게 느껴졌다. 그랬던 그 시간이 지금은 40년 인생 중 찰나의 기억으로 남아 있다. 기억 저장고에서 찾아 꺼내봐야 떠오르는 일이다. 그런 일도 있었지, 정도의 기억이다. 아프지도 괴롭지도 않다.

원하던 대학에 합격하던 날을 떠올려 봤다. 예상 점수보다 낮게 나와 합격에 여유 있을 거라 생각했던 대학에 간당간당했다. 합격자 발표날이 되었다. 불합격하면 재수할 생각에 학원에 미리 등록해 놓았다. 떨리는 마음을 겨우 누르고 결과를 확인했다. 대기였다. 대기 2번이었다. 추가 합격자 발표 기간 동안 덤덤하게 지내려 애썼지만 잘 되지 않았다. 밥을 먹으면서도, 친구와 만나 수다를 떨면서도 두근거렸다. 추가 합격자 발표 마지막 날 밤이었다. 그때까지도 연락이 없어 포기한 상태였다. 마음을 비웠지만 아쉬움이 남았다. 정말 이대로 끝인 걸까. 재수해야 하는 걸까. 마음이 복잡했다. 최선을 다했는데 원하던 결과를 얻지 못해 속상했다. 부모님, 언니, 남동생은 상심한 나에게 별다른 말을 못하고 각자 방에 있었다. 나는 속상한 마음을 잊으려고 TV를 보고 있었다.

"따르릉."

전화벨이 울렸다. 밤 10시가 넘은 시간이었다. 왠지 좋은 예감이 들었다.

"여보세요."

떨렸지만 안 떨린 척하며 받았다.

"안녕하세요. 이화여자대학교 행정실인데요, 한수정 학생인가요?"

"네."

"추가합격 하셔서 연락드렸어요."

"꺅. 정말 감사합니다!"

두근대던 심장이 펑 터져버리는 느낌이었다. 기뻐 소리를 꽥꽥 질렀다.

"엄마, 아빠! 나 합격했대!"

"우와."

숨죽인 채 귀만 쫑긋 방에서 듣고 있던 가족들이 뛰쳐나왔다.

"축하해, 수정아!"

"축하해, 누나."

"엉엉."

눈물이 또 터졌다. 기쁨의 눈물이었다. 가슴 벅찬 행복에 크게 소리 내어 울며 가족들과 손잡고 빙빙 돌았던 기억이 있다. 그 환희가 영원할 것 같았지만 오랜 세월이 지난 지금 돌이켜 보면 기쁜 추억 정도의 순간이다. 흥분된 마음에 터져버릴 것 같던 심장도 멀쩡히 잘 뛰고 있다. 평소 떠오를 일이 없다. 기억 저장고에 똑똑 문 두드려 뒤적여야 떠오르는 그때 그 시절의 한 장면이다.

일몰과 일출은 변함없이 매일 일어나는 일이다. 인생에서도 일몰과 일출의 순간은 늘 있다. 긴 인생의 여정 중에 해가 지고 어둠이 깔리는 슬픔과 고난의 시간은 찰나의 순간이다. 어둠 속에서 해가 떠올라 온 세상을 밝게 비추는 환희의 순간도 마찬가지이다. 영원할 것 같은 그 시절이 지나고 보면 짧은 기억이다. 그러니 고통 속에서 괴로워하며 전전긍긍할 필요 없다. 기쁨에 휘둘릴 필요도 없다. 흔들릴 것도 동요할 것도 없다. 고통의 시간이 언제 끝나나 힘들어할 필요도, 행복을 잃을까 두려워할 필요도 없다. 그저 주어진 인생의 길을 묵묵히 걸어가면 그만이다.

인연이 아니었다

애써 외면했던
우리의 지난 사진.
어쩌다 가깝던 우리가
이렇게 멀어졌나.
순간 멍해졌다.
그 누구의 탓도 아니다.
그냥 우리는
인연이 아니었던 것이다.

살다 보면 친하게 지내던 친구와 사소한 다툼으로 멀어질 때가 있다. 가족끼리도 마음이 상해 한동안 대화 없이 지낼 때도 있다. 불만이 있어도 말하지 못하고 마음에 쌓아두다가 폭발해 관계를 끊어버리고 마는 친구도 있다. 누구보다 가깝게 지내며 사랑을 속삭이던 연인과 여러 이유로 헤어지기도 한다.

어릴 때부터 친구에게 맞춰주는 게 마음 편했고, 간혹 불만이 생겨도 참다 보면 괜찮아졌다. 착해서가 아니라 마음속 말을 상대방에게 하지 못하는 성격 탓이다. 듣기 싫은 말을 입 밖으로 꺼내서 불편해지는 게 두려웠다. 이런 성격 덕분인지 살면서 친구와 멀어지거나 안 보게 된 적은 거의 없었다.

큰아이가 1학년 때 학부모로 만나 친구 이상으로 친하게 지내던 동네 언니가 있었다. 매일 아침 집 앞 카페에서 30분이라도 얼굴을 보고 이야기 나누던 관계였다. 절대 멀어질 일이 없을 거라 생각했던 사이였다. 아이 때문에 힘들었던 일, 기뻤던 일을 비롯해 일상을 공유했다. 힘들 때 위로해주고 기쁠 때 함께하며 지냈다. 맛있는 음식을 만들면 나눠 먹었다. 아이끼리도 친해 함께 시간 보낼 일도 많았다. 그렇게 함께한 추억이 차곡차곡 쌓여 가고 있었다.

그러다 아이가 4학년이 되면서 그 관계에 틈이 생기기 시작했다. 두 아이의 성향이 확실해지면서 잦은 다툼이 생겼다. 그러면서 서로 오해도 생겼다.

"건이야, 사과 편지 써주자."

"왜?"

"네 마음을 오해하고 있는 것 같은데, 오해로 멀어져도 괜찮아?"

"아니. 편지 써서 오해 풀래."

두 아이가 멀어지는 게 걱정된 것도 있지만, 언니와 멀어지는 게 싫었다. 언니와 나는 두 아이가 화해하도록 노력했다.

여름방학 중 청소년 수련관에 배드민턴 수업 갔던 두 아이가 크게 싸웠다. 친구는 수업에 성실하게 참여하기를 원했다. 우리 아이는 수

업보다 친구와 수다에 열중했다. 선생님한테 지적받는 게 싫었던 친구가 같이 열심히 하자고 여러 번 말해도 건이는 귀담아 듣지 않고 계속 수다를 떨었다고 했다. 그러다 감정이 격해져 싸우게 된 것이다. 집에 와서는 배드민턴 채로 머리를 때렸다, 안 때렸다로 옥신각신했다.

"○○가 배드민턴 채로 내 머리를 때렸어. 세게 때린 건 아니지만."

아이가 흥분해서 말했다. 아이 친구는 절대 때리지 않았다고 CCTV로 확인해 보라고까지 했다.

사실관계, 잘잘못을 따지자니 끝이 없었다. 솔직히 때렸건 때리지 않았건 그건 중요한 문제가 아니었다. 자꾸 반복되는 상황에 마음이 상했다. 그동안은 우리 아이가 억울하고 속상한 게 있어도 묻어두고 먼저 사과하라고만 했다. 타인과의 관계만 의식해 혼냈다. 엄마로서 자괴감마저 들었다.

"언니, 그냥 언니는 언니 아이 말 믿어줘. 난 내 아이 말 믿어줄게."

미안하다고 말하지 않았다. 입장에 따라 보이는 상황, 느끼는 게 다르니까. 언니는 그 말이 서운했던 것 같다.

그렇게 틈이 생겨 버렸다. 틈이 생긴 관계에 무언가 해야 하는데 뭘 어찌해야 할지 몰랐다. 이미 상처받았고 상처 줬다. 그런 상태에서 아무렇지 않게 만나 얼굴 보며 웃고 이야기 나누기 싫었다. 얇게 생겼던 우리 사이의 틈이 점점 크게 벌어졌다. 그 후 오랜 시간 노력했지만 결국 언니와 멀어져 버렸다.

마음을 깊이 주고받은 관계였던 만큼 언니도 나도 아픔이 컸다. 마음 열고 친하게 지내던 사람과 멀어진 게 처음이라 괴로웠다. 길에서 우연히 마주치면 가슴이 콩닥거렸다.

'내가 그때 미안하다고 했으면 상황이 달라졌을까.'

종종 이런 생각을 했다. 함께 찍은 사진도 일부러 보지 않았다. 잊고 지내는데 사진 보면 힘든 마음이 올라올까 싶어서. 핸드폰을 만지작하다가 애써 외면했던 사진을 보게 되었다.

둘이 예쁘게 차려입고 핫한 카페에 가서 찍었던 사진. 날이 좋아 두 가족이 집 앞 치킨 집에서 치킨 먹고 학교 운동장에 가서 농구했던 날의 사진. 잠실종합경기장에 가서 함께 야구 관람하며 찍었던 사진. 크리스마스이브 날 언니네 초대받아 맛있는 음식 먹으며 찍었던 사진. 여름방학에 아이들 데리고 전시 보러 국립중앙박물관에 가서 찍었던 사진. 멋지게 인테리어 한 언니 집에 가서 폼 잡고 찍었던 사진. 싱숭생숭 봄 탄다고 하니 기분 전환하러 데려간 곳에서 함께 찍었던 사진.

핸드폰 사진첩에 언니와 함께 찍은 사진 수백 장이 담겨 있었다.

'아. 이렇게 친하게 지냈는데, 어쩌다 이렇게 된 걸까?'

삭제 버튼을 누르려다 멈췄다. 마음 상해 멀어진 사람과 찍은 사진을 왜 지우지 못하고 있는 건지. 멍하게 사진만 바라보았다.

처음에는 상대방이 미웠다. 그 후에는 내가 잘못했구나 반성했다. 상대방을 미워하는 것도, 잘못을 반성하는 것도 괴로웠다. 누군가를 미워한다는 게, 가깝던 사람과 멀어진다는 게 힘들다는 걸 알고 있었지만 생각보다 더 힘들었다. 길에서 언니와 함께 친했던 사람과 마주치고 나면 불안했다.

'언니랑 만나 내 이야기했겠지? 나를 미워하겠지?'

마음에 병이 생긴 것 같았다. 내면의 병이 겉으로 드러났다. 얼굴이 뒤집혀 버렸다. 약을 먹어도 회복되지 않았다. 대인기피증이 왔다. 사람 만나는 건 그렇게 좋아했는데 누구도 만나고 싶지 않았다.

자꾸 생각했다. 누구 잘못이었을까. 그때 다르게 대응했으면 이렇게 되지 않았을까. 하지만 힘든 마음은 여전히 나아지지 않았다. 대체 내 마음이 왜 이런 걸까. 곰곰이 생각했다. 아직 내가 언니와의 인연을 놓지 못하고 있어 그토록 힘든 거였다. 그 관계에 미련이 있었던 거다.

결론을 내렸다. 우리는 인연이 아니었다고. 마음 가득했던 언니와의 추억, 얽혀버린 관계를 흘려보냈다. 시간이 걸렸지만 마음이 편해졌다. 체기로 답답했던 가슴이 뻥 뚫린 기분이었다.

가까웠던 우리가 멀어진 건 어느 한쪽의 잘못이 아니다. 상대를 탓할 것도 없다. 자책할 것도 없다. 그냥 우리는 인연이 아니었던 것이다. 인연이라 생각해 놓지 못하고 있던 그 관계를 놓아버리니 마음이 편해졌다.

무던한 너처럼

작은 화분에 싹을 틔워
이만큼이나 자란 너를
한참 바라보았다.
기특하기도 하여라.
너는 무던하면서도
강한 아이구나.
나도 너처럼 강단 있게
살아가야겠다.

작년 겨울, 작은아이가 하굣길에 들뜬 목소리로 전화를 걸었다.

"엄마! 선물이 있으니 기대해!"

나에게 주려고 학교에서 무얼 만들었나 기대하며 기다렸다. 집에
온 아이가 강낭콩 한 알을 내밀었다.

"교실에서 나오려는데 이 강낭콩이 바닥에 굴러다니고 있더라고.
내가 제빨리 주워서 가져왔어."

"잘했네. 이거 엄마가 화분에 던져 놓을게."

베란다에 작은 화분이 비어 있어 툭 던져 놓았다. 그러고는 잊고

있었다. 며칠 지나지 않은 어느 날 베란다에 가서 보니 싹이 터 있었다.

솔직히 놀랐다. 아이가 들고 와서 선물이라며 주니 버리지 못하고 무심하게 툭 던져 놓았는데 며칠 만에 싹을 틔우다니. 양분이 많은 흙도 아니고 마른 흙이 들어 있는 주먹만 한 화분에서 말이다.

아이가 일주일에 한 번씩 꼬박꼬박 물을 주니 곧 줄기가 자랐다. 실처럼 가는 줄기가 하루가 다르게 자라기에 길쭉한 막대기를 화분에 꽂고 조심스레 줄기를 돌돌 말아줬다. 한 번 말아줬더니 알아서 막대기를 타고 올라갔다. 가녀린 게 어디서 그런 힘이 나는지 빠른 속도로 쑥쑥 자랐다. 잎이 커지더니 꽃이 피었다. 하얀색 바탕에 연보라색이 살짝 섞인 귀여운 꽃이었다. 그 꽃이 진 자리에 꼬투리가 자라기 시작했다. 불과 몇 주 만에 일어난 일이었다.

아이 손톱만 한 콩알은 환경에 구애받지 않고 자리 잡아 한 단계씩 성장했다. 요란하게 티 내지도 않고 묵묵하게 자라 자기와 같은 콩알이 여러 개 들은 꼬투리를 몇 개씩 만들어냈다.

나는 조금이라도 마음이 불편하거나 귀찮은 상황이 생기면 짜증이 났다. 오고 가는 길 번갈아 운전하기로 했던 사람이 사정상 못 하게 되었을 때 그 상황이 이해가 되면서도 여러 번 반복되면 불편한 마음이 들었다. 조금 지나면 그 마음이 녹아 없어질 텐데 그 새를 못 참고 쌍둥이 언니에게 전화해 불평했다.

"오늘 또 못 한대. 상황은 이해되지만 그래도 반복되니 힘들어."

"그러게. 네 마음 이해해. 그런데 그렇게 힘들면 솔직하게 말해."

"그래도 말은 못하겠어."

그렇게 불평하고 나면 죄책감에 마음이 더 불편해지면서도 늘 반복됐다.

내 기준으로 이해되지 않는 행동을 하는 사람을 보면 화가 났다. 나에게 전혀 피해를 주는 게 없어도 그랬다. 그런 이야기를 또 쌍둥이 언니에게 하면 이해하지 못했다.

"너한테 피해 주는 것도 아닌데 왜 신경을 써?"

"보고 있으면 화가 나."

"나는 그런 네가 이해되지 않아."

일이 계획대로 되지 않을 때도 스트레스를 받았다. 남들이 보면 전혀 짜증낼 만한 상황이 아닌데도 말이다. 두 아이를 11시 전에 재워야 하는데 여행 가서 놀다 보니 11시가 훌쩍 넘은 적이 있었다. 어쩌다 여행 와서 있는 일이니 그냥 넘기면 되는데 짜증이 나 아이들에게 소리친 적도 있었다.

어떤 일을 잘해내 만족스러운 상황 앞에서는 조용히 기뻐하지 못하고 가족과 친구에게 자랑하고 함께 기뻐해 주기를 기대했다. 몇 년 전부터 무료한 일상 속 자기만족을 위해 자격증 따기에 도전하고 있다. 역사지도자 자격증을 시작으로 TESOL, 심리상담사 자격증, 놀이심리상담사 자격증, 미술심리상담사 자격증, 아동심리상담사 자격증을 땄다. 시간을 허투루 보내지 않았다는 생각에 혼자 뿌듯했다. 두 아이가 어느 정도 자라면 언젠가 이 자격증을 기반으로 일하면 좋겠다는 기대가 생겼다. 성취감이 느껴져 좋았다. 스스로의 만족을 위해 했던 일인데 가족과 친구에게 자랑했다. 잘했다는 칭찬을 기대했다. 합격증을 SNS에 올리기도 했다. 겸손하고자 노력한다면서 나는 요란한 사람이었다.

나는 조용히 감당해도 되는 불편함, 혼자 느껴도 될 자부심을 주변에 알리고 인정받고 싶어 하는 인정중독자였다. 인정받지 못하면 불안했다. 어릴 때부터 부모님에게, 선생님에게, 친구에게 칭찬받지 못하면 안 되는 아이었다. 하지만 불편함을 느끼면 당사자에게 말하지 못하고 참았다. 성격상 참고는 남을 배려한다고 착각했다. 배려했다는 그 착각을 그냥 넘기지 않고 가족에게 말하곤 했다. 그 또한 칭찬받고 싶어서.

작고 볼품없는 강낭콩 한 알이 나보다 낫다는 생각이 들었다. 작은 화분에 싹을 틔워 이만큼이나 자란 강낭콩을 한참 바라보았다.

기특하기도 하여라. 무던하면서도 강한 아이구나. 나도 너처럼 강단 있게 살아가야겠다.

탐스럽게 열린 꼬투리가 기특해 툭툭 건드려 봤다. 꼬투리를 보며 다짐했다. 살면서 겪게 될 불편한 상황 앞에 흔들리지 않겠다고. 타인의 시선을 의식하여 인정받고자 하지도 말아야겠다고. 겸손하겠다고. 강낭콩처럼 무던하고 강하게 살아가겠다고. 🍵

PART 2

위로,

그 따뜻한 말로

얼어붙은 마음이 녹아내리길

연 鳶, 緣

어느 토요일이었다. 일주일 중 토요일 반나절 쉬는 남편이 아침 일찍부터 주방에서 갈비 핏물을 빼고 있었다.

"이게 다 뭐야?"

"냉동칸에 갈비가 많더라. 너랑 애들 갈비찜 해주려고."

바빠지기 전에는 요리를 종종 해주던 남편이 오랜만에 실력발휘 한다 했다. 하루 종일 정성스레 끓이고 졸이고 하더니 저녁상에 갈 비찜을 올려줬다. 두 아이도 나도 맛있다며 밥을 두 그릇씩 먹었다. 배 두드리며 소파에 앉아 있는데 남편이 옆에 앉으며 말했다.

"아무래도 나 사직서 내야 할 것 같아."

이 말 꺼내기가 힘들어 고민하다 갈비찜을 뇌물 삼아 먹였나 보 다. 그렇게 하지 않아도 괜찮은데.

"오빠가 많이 고민했겠지. 오빠 하고 싶은 대로 해. 오빠가 뭘 하 든 우리 가족 굶기진 않을 텐데 뭐."

"그래."

결정을 존중한다고 해도 여전히 굳은 표정이었다. 복잡한 심경이었을 거다.

"그런데 퇴직금은 얼마래? 취직 금방 안 되면 얼마나 버틸 수 있을지 걱정 돼서."

농담을 던졌다. 남편이 그제야 웃으며 이런저런 이야기를 꺼냈다.

졸업 후 줄곧 있던 대학병원에서 나와 2015년 다른 대학병원으로 옮겼다. 그곳에서 몇 년간 과도한 업무와 스트레스로 힘들어했던 남편이다. 주말도 없이 병원에 나갔고 12시가 다 되어야 집에 오곤 했다. 그 와중에도 가능한 날에는 아이 학원 끝나는 시간에 맞춰 태워 와주기도 했다. 작년부터 토요일만이라도 가족과 시간을 보내려 노력했다.

"일이 어느 정도 마무리된 거야?"

"마무리라는 게 없어. 끝없이 쌓여 있어."

듣기만 해도 가슴이 답답해졌다. 옆에서 보는 나도 이런데 본인은 오죽 답답하고 막막했을까. 그렇게 바쁜 와중에 하루라도 가족을 위해 시간 내주려고 하는 게 고마웠다. 아이 학원 끝날 때 태워 오는 거라도 해주려고 마음 써 줘서 고마웠다. 고마운 마음이 100이라면 20 정도만 표현을 했던 게 후회된다.

남편은 무엇보다 일이 적성에 맞지 않아 힘들어했다. 적성에 맞지 않는 일을 하는 게 얼마나 괴로운 일인지 겪어보지 않은 사람은 모른다. 그게 얼마나 고문인지 알기에 남편이 그런 이야기를 꺼낼 때마다 공감했다.

"오빠 마음 잘 알아. 나도 은행 일 적성에 안 맞아서 괴로워했잖아. 적성에 맞지 않은 일을 하다 보면 아무렇지 않게 할 수 있는 일도 능력발휘가 안 되더라고. 스스로 위축되기만 하고. 그래도 난 오빠 덕분에 일을 그만둘 수 있었지."

은행 다닐 때, 적성에 맞지 않아 괴로워할 때마다 남편이 위로해 줬다.

"힘들면 그만둬. 내가 벌면 되잖아. 미련 남을 것 같으면 더 해보고 아니면 그만둬."

어렵게 입사한 좋은 직장을 그만두면 큰일 날 줄 알았다. 인생이 흔들릴 것 같았다. 괴로우면서도 쉽게 퇴사 결정을 내리지 못했다. 버팀목이 되어 준 남편 덕에 퇴사했다. 돌이켜 보면 정말 잘한 선택이었다. 그만두고 나서 행복지수가 10배 이상 뛰었다. 놓기 힘들던 것을 놓아버리니 홀가분했다.

남편의 결정을 존중했디. 벌써 4번째 셜심이었는데 매번 반려되어 지금껏 괴로워하고 있었다.

마음이 여리고 선해 결단력은 부족한 남편이 그만둬야겠다고 결

심하기까지 혼자서 얼마나 고민하고 갈등했을지 생각하니 마음이
아팠다. 이번에는 사직서가 반드시 수리되어 그곳을 탈출하기를 진
심으로 바랐다. 한 번뿐인 인생 조금은 편하게 살면 좋겠다고 생각
했다.

누가 봐도 좋은 직장을 그만두기가 쉽지 않다는 걸 안다. 걸어왔
던 인생길의 방향을 튼다는 게 모험이라는 것도 안다. 가장으로서
쉬운 결정이 아니었을 거다. 마음 약한 사람이 병원에서 잡으면 그
걸 냉정하게 뿌리치기 힘들었을 것도 안다. 손에 쥐고 있는 이 모든
것을 놓아버린다는 것이 결코 쉽지 않았을 것이다. 막상 놓고 나면
아무것도 아닌데 말이다.

지난 며칠간 티 내려 하지 않았어도 근심 가득한 얼굴이기에 걱정
하고 있던 참이었다. 결정을 존중한다 해주니, 그제야 어두웠던 얼
굴에 혈색이 돌아왔다. 오랜 고민 끝에 결심을 했어도 새로운 선택
앞에 불안할 그 마음을 알기에 조금이라도 남편에게 위로가 되고
싶었다. 그 마음을 담아 이 시를 적어 보여주니 특유의 선한 미소를
지으며 고맙다고 했던 모습이 떠오른다.

연을 조심스레 바람에 띄워

줄을 이리저리

당겼다 풀었다 하며

높이 더 높이 날렸다.

잘 나는 연을 보며

만족스러움에

한참을 바라보았다.

하지만 이내 지쳐

꼭 잡고 있던 연줄을

놓아버리고 싶다는 생각이 스쳤다.

놓으면 안 될 줄만 알았던

그 줄을 손에서 놓았다.

점점 더 멀리 더 높이

연이 날아올라 이제는 보이지 않는다.

옆에서 지켜보던 아이는 울음을 터뜨렸지만

이미 내 손을 떠난 연에 대해서는

미련을 갖지 않으리.

후회할까 놓지 못했던 그 손을

놓고 나니 오히려 홀가분해진다.

♥

위 로

아무리 노력해도

달라지지 않는 상황 앞에서

상황이 바뀌기를 기다리기보다

그 상황 앞에서도 마음이

흔들리지 않고 의연해지기를.

두 아이를 등교시키고 약속에 나가기까지 여유가 있어 친정엄마에게 전화를 걸었다.

"여보세요."

엄마 목소리에 기운이 하나도 없었다.

"목소리가 왜 그래?"

"할머니 때문에 속상해서 그러지."

엄마는 허리 디스크로 일 년 넘게 고생 중이다. 수술할 정도는 아니지만 걷는 것조차 힘들 때가 있다. 걱정하면 나이가 들면 어쩔 수 없다고 걱정 말라 한다. 그런 와중에 허리 부여잡고 정성껏 여러 가지 음식을 해 갖고 갔는데 할머니가 불평했다고 했다. 엄마는 일주

•
076

일에 한 번은 그렇게 음식을 바리바리 싸들고 할머니를 만나러 간다. 그때마다 할머니가 좋은 말보다 불만, 불평 섞인 말을 하니 속상할 수밖에. 할머니는 왜 고마운 순간에도 고맙다는 말을 하지 못하는 걸까.

홀어머니에 외아들, 두 단어만 들어도 겁나는 집에 시집온 엄마다. 어려움 없이 자라 철없던 젊은 나이에 시집와서 삼남매 키우는 것만으로도 벅찼을 텐데 시집살이까지 하느라 고생 많았던 우리 엄마.

다른 인생을 살아온 두 여자가 고부관계로 만나 갈등 없이 지내는 게 쉬운 일은 아니었을 테다. 할머니도 불편한 점이 있었을 거고 노력한 부분이 있겠지. 그래도 어릴 적부터 '엄마 바보'였던 나는 늘 엄마 편일 수밖에 없었다.

'할머니는 대체 엄마를 왜 이렇게 괴롭히는 거야.'

밤마다 우는 엄마 손을 꼭 잡고 마음을 다해 위로하고 눈물 닦아주곤 했다. 엄마가 우는 게 싫었다. 사랑하는 엄마의 마음이 아픈 게 세상 무엇보다 싫었다. 어떻게 위로하면 아픈 엄마 마음이 회복될까 고민했던 기억이 난다. 엄마가 하소연할 때는 공감해줬다.

"엄마, 속상하겠다. 엄마 마음 알 것 같아."

엄마가 지쳐 기운 없어 보이면 설거지라도 해줬다. 어떻게든 엄마를 도와주고 싶었다.

"엄마는 빨리 방에 가서 쉬어. 내가 설거지할게."

설거지 마치고 안방에 누워 있는 엄마의 팔을 시작으로 등, 다리까지 온 힘을 다해 안마했다.

"엄마, 시원해?"

"응. 우리 수정이가 최고야."

어린 나이에도 어떻게 하면 속상한 엄마 마음을 풀어줄 수 있을까 고민했다. 어떻게 말하면 엄마 기분이 괜찮아질까 궁리했다.

환갑이 넘은 지금까지 엄마는 할머니한테 잘하려고 노력한다. 할머니는 그런 엄마 마음을 알아줄 때도 있지만, 기분이 안 좋은 날에는 괜히 트집 잡곤 한다.

"내가 이렇게 노력하는데, 할머니는 왜 내 마음을 몰라주는 걸까? 언제까지 이렇게 살아야 하는 거니?"

"엄마, 너무 애쓰지 마. 엄마 마음 상하면서까지 그러지 마. 나라면 그렇게 못했어."

통화를 마치고 나서도 마음이 아팠다. 서둘러 준비하고 나가야 했는데 30분 넘게 아무것도 못했다. 긴 세월 마음 고생하는 엄마가 안쓰러웠다. 어떤 말을 하면 조금이라도 위로가 될까. 어떻게 해주면 상처 난 엄마 마음이 회복될까 고민했다. 엄마 입장이 되어 생각해 봤다.

시집오면서부터 시작된 시집살이. 엄마는 자기가 노력하면 할머니가 그 마음 알아주고 달라질 거라 기대하며 참았다고 했다. 그런 긍정적인 소망을 품고 버텨온 50년 가까운 세월 동안 달라지지 않고 끝없이 고통받으니 그 마음이 온전할까 걱정됐다.

그러다 반복되는 상황에 힘들어하기보다 다르게 마음먹어 보면 어떨까라는 생각이 들었다. 노력의 결실에 대한 기대, 노력의 좌절에 대한 낙심을 내려놓는 거다. 상황이 어찌되든 휘둘리지 않고 그저 그러려니 하는 거다. 내가 최선을 다했으면 그걸로 된 거다. 그렇게 의연해지면 마음 아플 일도 없어질 거라 생각했다.

"엄마, 전화 와서 할머니가 뭐라 하면 그냥 끊어."

"어떻게 그래."

"그러면 핸드폰 내려놓고 듣지 말고 있어."

"그럴 수도 없지."

"그럼 귀 남아 듣지 말고 그런가 보다, 그냥 아무 말인가 보다 생각해."

바로 전화해 엄마를 붙잡고 신신당부했다.

엄마는 겪어보지 않은 사람은 절대 이해할 수 없다 했다. 나의 이런 말이 섣부른 위로일지 모르겠다. 그래도 계속 말할 거다. 변하지 않는 상대, 상황에 휘둘리지 말라고. 의연해지라고. 늘 그랬던 것처럼 옆에서 위로할 거다. 그러다 보면 언젠가 반드시 엄마 마음이 단단해져 아무리 찌르고 쑤셔도 끄떡없게 되리라 믿는다.

벚꽃

예쁘게 만개했던 벚꽃잎이
살랑이는 바람에도 힘없이 떨어진다.
괜찮아, 괜찮아.
바람 불어 힘든 날도 있지만,
바람 불어 좋은 날도 분명 있거든.

작년 봄, 환하게 피었던 벚꽃잎이 지며 벚꽃 눈 내리던 때의 일이다. 큰아이의 가장 친한 친구 엄마에게서 전화가 왔다.

"우리 애가 과학탐구발표대회 건이랑 같이 준비해 보고 싶다는데, 생각 있어요?"

"요새 건이가 사춘기가 왔는지 매사에 의욕이 없어서 한다고 할지 모르겠어요. 오면 물어볼게요."

모든 일에 흥미를 갖고 열심히 하던 건이였다. 흥미가 없어도 엄마가 얘기하면 열심히 하던 아이였는데 사춘기가 오면서 열정이 없어졌다. 무기력해졌다. 처음에는 불안해 아이를 다그치기도 했다. 지금은 마음을 비우고 기다리는 중이다. 원래 그런 시기려니 하고 재촉하지 않고 기다려 주고 있다.

하교한 아이에게 물었다.

"건이야, 과학탐구발표대회 나가볼래?"

"아니. 그런 걸 귀찮게 왜 해."

예상대로다.

"은찬이가 같이 하고 싶다는데."

"은찬이? 그럼 해야지."

은찬이와 건이는 한 몸 같은 친구 사이다. 뭐든 함께하고 싶어 하는 단짝이다. 매사에 의욕 없던 아이가 은찬이와 같이 한다니 선뜻 하겠다고 했다. 무기력함을 극복할 만큼 깊은 우정이었구나.

한 달 넘게 토요일마다 모여 준비했다. 원래부터 수요일에는 피아노 학원, 일요일에는 교회에 같이 다녔다. 발표대회 준비하느라 하루 더 만나니 그것만으로도 신난 두 아이였다.

드디어 예선 당일이 되었다. 하교한 아이에게 물어봤다.

"어땠어?"

"예선은 통과할 듯. 은찬이랑 나 좀 괜찮게 한 것 같아."

자신만만했다. 늦은 오후 결과 문자가 왔다. 예선 탈락이었다.

엄마인 나도 결과를 듣고 실망했는데 당사자인 아이는 얼마나 속 상했을까. 조심스럽게 물었다.

"건이야. 결과는 아쉽지만 과정이 즐거웠으니 실망하지 말자."

"……."

괜찮다 할 줄 알았는데 대답이 없었다. 생각보다 아쉬움이 컸나 보다. 말없이 앉아 있었다. 평소 같았으면 하교 후 재잘재잘 수다 보따리를 풀어 놓았을 텐데 조용히 있는 모습을 보니 왠지 짠했다.

기분 전환할 겸 초코 산책시키러 나가자고 했다. 봄바람 쐬고 걸으면 기분이 좋아질 것 같았다.

살짝 왔던 아이의 사춘기를 흘려보내고 아이와 다시 가까워지면서 매일 빼먹지 않고 함께하는 일이 있다. 강아지 초코와의 산책이다. 대화가 많지 않은 날에도 초코의 뒷모습을 보며 함께 걷는 것만으로 기분이 좋아진다.

동네 한 바퀴 도는 내내 벚꽃잎이 사방에 흩날리고 있었다. 걷는 도중에도 아이는 별말이 없었다. 기분이 좀 풀렸나, 아이 눈치 보다가 멈춰 섰다.

"엄마는 벚꽃이 제일 예쁘더라."

말없이 걷다가 벚나무 앞에 멈춰 서 말을 걸었다. 아이도 멈춘 내 옆에 섰다. 둘이 서서 벚나무를 올려 보았다.

봄바람이 내 얼굴에도 아이 얼굴에도 간질이듯 스쳤다. 우리 모자를 내려다보던 벚나무에도 살짝 스쳤는데 활짝 피어 있던 꽃잎이 맥없이 떨어졌다. 셀 수 없이 많은 꽃잎이 한꺼번에 떨어지니 눈이 내리는 것 같았다.

"와. 너무 예쁘다."

나도 모르게 감탄이 나왔다. 아이는 무슨 생각을 하고 있었는지 빨리 가자 재촉하지 않았다. 살짝 부는 바람에 힘없이 떨어지는 벚꽃잎이 안쓰럽다 생각했을까. 부드럽게 살랑이는 바람이 만들어준 봄날의 꽃눈이 좋다 생각했을까.

산책을 마치고 집에 돌아오는 길에 아이가 말했다.

"오늘 바람 많이 분다. 그렇지, 엄마?"

"응. 그러네. 바람 불어 속상한 날도 있지만, 바람 불어 좋은 날도 분명 있을 거야. 탈락의 경험도 괜찮아. 그치?"

아이가 피식 웃었다.

"이미 다 잊었는데 왜 자꾸 진지해. 나 괜찮아."

평소에는 농담하고 장난이나 치던 엄마가 꽃이 어쩌고 바람이 어쩌고 하니 이상하다 했다. 아이가 상심했을까 걱정이 되어 자꾸 이 소리 저 소리 떠들어댔는데 아이가 괜찮다 하니 다행이었다.

아이를 위로하고 싶은 마음에 산책 중 바람에 떨어지는 벚꽃잎을 보며 지은 이 시를 보여줬다.

"위로가 되었어?"

"응."

한마디 짧은 대답이었지만 위로가 되었다니 기뻤다.

살다 보면 꽃이 예쁘게 만개하는 날도 지는 날도 있을 것이다. 바람 불어 힘든 날도, 바람 불어 좋은 날도 있을 것이다. 어떤 날이든 언제나 아이 곁에서 함께하고 싶다. 바람 불어 좋은 날에는 옆에서 함께 웃어 주고, 바람 불어 힘든 날에는 기대어 위로받을 수 있는 버팀돌이 되어 주고 싶다.

부담감

신나서 하던 일에 욕심을 내
무거운 짐을 어깨에 지고 달렸다.
괜찮은가 싶더니 얼마 안 가
그 짐이 어깨를 누르고
욕심내던 속도가 버겁게 느껴졌다.
이대로는 안 돼.
힘겹게 지고 있던 짐을 버렸다.
살짝 고개를 들기 시작했던 욕심과 함께.
그리고 나만의 속도로 다시 걷기 시작했다.

토요일 오전이었다. 친구에게서 전화가 왔다. 얼굴을 찡그릴 때보다 웃을 때가 더 많은 긍정적인 친구다. 늘 그렇듯 밝은 목소리를 기대하며 전화를 받았다.

"정이야."

평소와 달리 축 가라앉은 목소리였다.

"너 목소리가 왜 그래?"

"요즘 일하는 게 즐겁지 않아."

"무슨 일 있어?"

"마음에 부담이 생기니 회의감까지 들어."

평소 옷을 좋아하고 스타일 멋지던 친구는 3년 전 의류 사업을 시작했다. 처음에는 별다른 욕심 없이 본인이 즐겨 입는 스타일의 옷을 여러 사람과 함께 입고 싶은 마음으로 시작한 것이다. 즐거운 마음으로 시작해 보람도 느끼고 신이 나서 해왔다. 그런 친구를 옆에서 보면서 나도 긍정 에너지를 받았다. 무언가 좋아하는 일을 해보고 싶다는 생각을 했다. 그랬던 친구가 일에 회의감을 느낀다는 것이다. 즐거워서 하던 일이 더 이상 즐겁지 않다고 했다. 부담감에 일하기 싫어져 고민이라 했다. 그 일을 하지 않았다면 듣지 않아도 될 말을 듣는 것도 힘들다 했다.

나도 편한 마음으로 하던 글쓰기에 부담이 느껴져 고민하고 있던 시기라 공감이 됐다.

평범한 일상을 보내며 느꼈던 일, 눈에 들어온 자연을 보며 느꼈던 감정이나 마음속 이야기를 짧은 글로 끌어내는 게 재미있고 즐거웠다. 즐거운 마음으로 쓴 글이 타인의 공감을 받으니 신났다. 부담이 없었다. 취미처럼 했던 일이라서.

하다 보니 욕심이 생겨 새로운 목표를 세웠다. 여태껏 써온 글로 책을 내겠다는 목표가 생긴 것이다. 그동안 적었던 시, 그 시와 관련된 내 이야기를 쓴 산문을 담기로 했다. 새로운 도전을 하게 되니 기대되었다. 두 아이를 키우며 엄마로서의 삶에만 집중하다 온전히 나를 찾아가는 기분이 들었다.

글 쓰겠다고 매일 시도 때도 없이 앉아 노트북을 켰다. 어느 순간 즐거우면서도 마음속 어딘가 무게가 느껴졌다.

'이게 무슨 기분일까? 이게 뭘까?'

내 마음을 자세히 들여다보았다. 마음을 누르기 시작한 그 무게는 부담감이라는 짐의 무게였다. 결과에 대한 부담감이었다. 잘해내고 싶은 욕심이 생겼던 것이다. 그것을 깨달은 순간 즐겁지 않았다. 노트북을 닫았다.

마음에 거슬림이 없이 흐뭇하고 기쁘기만 했던 일이 왜 짐으로 느껴지게 됐을까? 울적하거나 기운이 없을 때 그것을 하고 나면 엔도르핀이 돌더니 어느 순간 마음에 짐이 되기 시작한 건 왜일까? 그일로 인한 결과에 의무나 책임을 져야 한다는 느낌을 받게 된 건 왜일까?

잘해내고 싶은 마음이 커졌기 때문인 것 같다. 그 일을 통해 얻게 되는 결과에 신경 쓰기 시작해서인 것 같다. 타인의 칭찬에 익숙했고 비난에 대한 마음의 준비가 덜 됐기 때문이었다. 욕심을 내니 부담감이 마음을 지배하기 시작했던 것이다.

지난봄이었다. 집 근처에서 초코를 산책시키며 길을 걷다가 고개를 들었는데 며칠 전까지만 해도 앙상했던 나뭇가지에 어느새 새로이 잎이 돋아나고 있었다. 라임 빛에 가까운 연둣빛 색을 띠고 돋아나고 있는 나뭇잎을 보니 귀엽고 반갑고 신기한 기분에 사진을 찍고 바로 핸드폰 메모장에 〈연둣빛 나뭇잎〉이라는 시를 적었다.

아이를 학원에 태워다 주며 본 일몰이 아름다워 적어둔 시도 있다. 선물받은 화분에서 하루 만에 꽃 피운 수선화가 기특해 삼행시를 지었다. 마음 같지 않은 인간관계로 힘들어하는 쌍둥이 언니에게 〈위로〉라는 시를 적어 선물하기도 했다. 벚꽃잎 흩날리는 봄날, 아이와 산책하고 〈벚꽃〉이라는 시를 적었다. 빨갛게 물든 단풍잎에 반해 쳐다보다 그리운 사람이 떠올라 시를 적었다. 하늘에서 펑펑 내리는 눈을 보다가 그리움이 펑펑 내리는 기분이 들어 〈그리움이라는 눈〉이라는 시를 적었다. 깜깜한 밤하늘을 올려다보는데 갑자기 그 어둠이 내 마음도 덮어버릴까 두려웠던 그 순간의 감정을 담아 〈밤하늘〉이라는 시를 적었다.

이처럼 나는 일상생활 중 보거나 느낀 것을 시로 적고는 한다. 보거나 느끼는 순간에 바로 적을 때도 있고, 샤워하며 하루를 돌이켜보다 생각날 때도 있다. 시를 써 내려갈 때는 언제나 오래 고민하지 않아도 되었다. 늘 편하고 즐거운 마음이었다. 행복할 때는 시를 쓰며 행복을 음미했다. 슬플 때는 시를 쓰며 스스로를 위로했다. 그러면 곧 슬픔이 흘러가 버렸다. 우연히 시작한 시 쓰기는 어쩌면 나에게 운명일지 모르겠다. 이제는 시 쓰지 않는 나를 상상할 수가 없다.

그런데 얼마 전부터 부담감이 짓누르면서 편하게 느껴졌던 글쓰기가 두려워졌다. 신나서 하던 글쓰기가 버겁게 느껴졌다. 운명이라 생각했던 시 쓰기가 싫어지려 했던 것이다.

'이대로는 안 돼!'

바로 부담스럽다는 생각을 멈췄다. 내가 좋아하고, 나를 치유하는 글쓰기가 두려워지는 게 싫었기 때문이다. 다행히도 생각을 멈추자 부담감도 조금은 덜어진 듯했다.

잘하려 애쓰지 말고 글쓰기로 얻게 되는 결과에도 마음을 비울 것이다. 글에 대한 공감에는 감사하고 비난에는 귀 기울이되 휘둘리지는 않겠다고 다짐했다.

짐을 내려놓고 가벼운 마음으로 좋아서 하는 일을 계속 해나가야겠다. 욕심 내지 않고 나만의 속도로.

먼 길, 다시 만날 길

"수정, 놀라지 말고 들어."

"응."

"오빠가 하늘나라 갔어."

"뭐라고?"

지난 가을 주말, 점심을 먹으려던 중에 전화 한 통이 걸려 왔다. 놀라지 말고 들으라는 말에서부터 심장이 두근대기 시작했다. 침을 꿀꺽 삼켰다. 마음 단단히 먹고 들었지만 놀라지 않을 수 없었다. 사촌오빠가 하늘나라에 갔다고 했다. 미국에서 들려온 한 살 차이 이종사촌 오빠의 부고 소식은 충격이었다. 미국에서 공부하느라 일하느라 정신없이 바쁜 와중 몸이 아프다는 이야기를 들은 지 불과 몇 달 지나지 않았다. 시ㄴ과 바빠 서로 무소식이 희소식이려니 하고 지냈는데 이렇게 슬픈 소식을 듣게 되다니. 오빠 얼굴을 언제 봤더라. 가물가물할 만큼 오래되었다.

어릴 적, 우리집에 놀러올 때 쌍둥이 언니와 나에게 줄 인형을 선물로 챙겨와 재잘재잘 떠들던 다정하고 유쾌한 오빠의 모습이 떠올랐다.

슬펐다. 낯선 슬픔의 감정이었다. 슬픔에 공허함과 쓸쓸함을 더한 감정이랄까. 낯선 감정에 어찌할 줄 모르고 당황했다.

밥을 입에 넣고 씹어도 무슨 맛인지 느껴지지 않았다. 들고 있던 숟가락을 내려놓았다.

갑자기 아무것도 할 수가 없어 침대에 누웠다. 눈을 감았는데 침대에 홀로 누워 있는 오빠 모습이 상상되었다. 떠나기 전 오빠의 마음이 어땠을까 하는 생각이 들었다. 많이 아파 아무 생각도 할 수 없었을까. 홀로 먼 길 떠나려니 얼마나 아프고 외로웠을까. 처음 가는 길 무섭지는 않았을까. 눈감는 그 순간 어떤 마음이었을까. 한없이 감정이 이입되었다. 가슴 속이 찌릿하며 눈물이 났다.

한국에서 소식을 들은 이모 가족의 마음은 또 얼마나 차갑게 얼어붙었을까.

생각이 꼬리를 물었다. 끝없이 이어지는 생각에 두통이 왔다. 억지로 잠을 청했다. 쉽게 잠이 오지 않았다.

한참을 그러고 있다 나도 모르게 잠들었다. 잠깐 사이 꿈을 꿨다. 무슨 꿈인지 잘 기억나지 않지만, 잠에서 깨니 기분이 나빴다. 악몽이었나 보다.

어느새 해가 져 방안이 어두워졌다. 무섭고 답답한 어둠 속에 빠져버린 느낌이었다. 일부러 일어나 앉아 고개를 흔들었다. 절레절레 흔들었다. 머리 가득한 생각이 달아나라고.

이모와 이모부는 그날 아침 오빠 장례를 위해 미국으로 갔다.

"○○한테 전화해서 위로라도 해줘."

한국에 남아 있는 사촌 동생에게 전화해주라고 친정엄마에게 전화가 왔다.

전화하는 게 맞는 걸까 고민되었다. 망설이다 핸드폰을 들었다. 통화 버튼을 누를 수 없었다. 머릿속에 동시에 떠오른 무수한 질문이 통화 버튼을 누르려는 손가락을 막아 세웠다.

'어떤 말로 위로해야 할까. 무슨 말을 한들 위로가 될까. 내가 울어버리면 어쩌지.'

긴 고민 끝에 메시지를 남겼다.

'어떤 이야기를 해야 좋을지 모르겠어서 고민하다 메시지 보내. 내내 마음이 아프더라. 좋은 사람이었으니까 좋은 곳에 갔을 거야. 이제 그곳에서는 마음고생도 힘든 일도 없이 편히 쉬기를. 너도 마음 많이 아프지 않았으면 좋겠어.'

고맙다고 답이 왔다.

고민 끝에 한 자 한 자 진심을 다해 적어 내려가긴 했지만 위로가 되었을까. 남겨진 가족의 마음을 어찌 헤아릴 수 있을까 싶었다.

며칠 후 사촌 오빠를 기리는 성당 미사가 있어 참석했다. 내내 마음이 무거웠다. 미사를 마치고 사촌 동생과 점심 먹으며 이야기를 나눴다. 생각보다 씩씩해서 안심되었다.

집에 오는 길에 쭉 뻗은 이차선 도로가 있었다. 그 길에 가로수가 쭉 심어져 있었다. 끝이 보이지 않는 길이었다. 그 길을 운전하는데 우리가 가고 있는 인생길 같다는 생각이 들었다.

모두가 가는 이 길의 끝을 향해 누구는 먼저 가고, 누구는 천천히 가겠지. 떠나간 오빠도, 남겨진 가족도 슬프지만 누구나 가는 길이다. 그 길 끝에서는 모두 다시 만날 것이다.

시기가 다를 뿐 모두 가는 길이고 그 끝에서 재회할 수 있다 생각하니 살짝 마음이 편안해졌다. 힘들었던 마음이 조금 괜찮아진 느낌이었다.

차갑게 꽁꽁 얼어버린 마음을 깊이 묻어두고 열심히 인생길을 걷다 보면 그 끝에서 만날 테니 비통한 슬픔에만 빠져 있지 말라고 말해주고 싶었다.

주차장에 도착해 주차하자마자 이 시를 적었다. 그리고 사촌 동생에게 보내주었다. 내 말 한마디가, 이 시가 아픈 그 마음을 조금이라도 달래줄 수 있다면 좋겠다고 생각했다. 💐

멀리 떠나는 길
얼마나 외로웠을까.
먼저 떠나가려니
아프고 무서웠겠지.

떠나보내는 마음은
얼마나 힘들었을까.
차갑게 꽁꽁
얼어버린 마음
깊이 묻어두고
살아가기를.
그렇게 살며
누구나 가는 그 길을
걷다 보면
그 길 끝에서
다시 만날 테니.

매미

기나긴 인내의 시간을 지나
여름내 반짝 살다 가는 너.
그 짧은 생이 안타깝다 하니
괜찮다 한다.
짧지만 최선에 최선을 다했던
삶이라 후회가 없다고.
이제 편히 쉴 수 있어
괜찮다 한다.

"고생만 하다 갔어."

갑작스러운 그의 죽음 앞에서 여러 사람이 입을 모아 말했다. 고생만 하다 갔다 한다. 그래서 안쓰럽고 안타깝다 한다.

살면서 그는 어리석을 만큼 착하고 성실했다. 자라면서 부모 속한번 썩인 적이 없다. 부모님은 그를 생각하면 가슴 따뜻해지는 아들이라고 한다. 아들로서 아무리 안 좋았던 점을 떠올리려 해도 떠오르지 않는다고 한다. 형에게도 한없이 착한 동생이었다.

가정 내에서도 자상한 남편, 다정한 아빠였다. 잠 잘 시간도 없을 만큼 바쁜 와중에 부인 생일, 기념일을 먼저 기억해 꽃다발이라도 사왔다. 새벽같이 출근하면서도 쓰레기봉투를 버려주고 갈 만큼 세심하고 자상했다. 바빠서 장모 생일식사 자리에 참석하지 못한 게 마음에 걸렸는지, 밤늦은 퇴근길에 꽃다발 들고 찾아갈 만큼 다정했다.

잘못한 아이 혼내는 게 괴로워 울 정도로 마음 약했다. 아이가 싫다는데 계속 장난쳐 울린 적은 있어도 혼내서 울린 적은 없었다.

직장에서는 천사라고 불릴 만큼 선했다. 민폐 끼치는 걸 싫어했고 배려 깊었다. 바꿔달라는 당직도 다 바꿔줬다. 나중에 다른 사람에게 들은 이야기지만 대신 서 준 적도 있다고 했다.

잠이 많았지만 제대로 못 자는 생활을 해야 했다. 직장에서 일이 비상식적일 만큼 상상 이상으로 많았다. 잠을 못 자서였는지, 일이 쉴 새 없이 바빠서였는지 눈이 충혈되어 있을 때가 많았다. 충혈된 채 뻑뻑해 보이는 눈을 끔벅거리던 모습이 생각난다.

힘든 티를 잘 내지 않았지만 그가 힘들어 보일 때면 놓아도 된다고 말했던 적이 여러 번 있다. 하지만 그는 놓지 못했다. 어렵고 괴로워도 인내의 시간을 이겨내면 좋은 날이 올 거라 믿었던 걸까. 끝없이 두드리면 언젠가 굳게 닫혔던 문이 활짝 열릴 거라 기대했던 걸까.

그린 그를 보며 언젠가는 편한 날이 오겠지 생각했다. 그저 믿고 응원했다. 이렇게 별안간 이별하게 될 줄도 모르고.

하지만 그는 고생만 하다 가지 않았다. 분명 행복하고 기뻤던 순간도 많았다.

어릴 때는 애교 많은 막내아들, 착한 동생으로 사랑 받으며 자랐다. 그가 어릴 적 어머니가 이삿짐 정리 중 지쳐 걸레를 손에 쥔 채 바닥에 드러누웠는데 깜박 잠이 든 어머니에게 이불을 덮어주었다고 한다. 어머니는 그날 이야기를 자주 한다.

"조금 쉬었다 하라며 이불을 덮어주는데 얼마나 감동받았는지 몰라. 그러니 예뻐할 수밖에. 매일 물고 빨고 예뻐만 했어."

IMF 여파로 아버지가 사업을 정리하고 이민 가려 했을 만큼 힘들던 시절에 기대했던 대학 합격 소식으로 부모님을 기쁘게 했다. 아버지에게 다시 일어설 수 있는 용기와 힘을 주었다. 그도 많이 행복해했다. 어머니는 대학 합격 소식을 듣고 함께 영화 보았던 날 이야기를 자주 하셨다.

"영화에 집중이 하나도 안 되었어. 우리 아들이 서울대 의대에 합격하다니. 얼마나 감격스럽고 기뻤는지."

그가 8살 때였나. 외국에서 국제학교 다닐 때 점심 값으로 매일 용돈 1달러를 받았다. 한 달 동안 점심을 굶어가며 돈을 모아 형 생일선물로 인형을 샀다고 했다. 선물하는 그도 받는 형의 마음도 행복이 넘쳤을 것이다. 그 마음이 예뻐 어머니는 여태 그 인형을 버리지 않고 보관하고 있다.

결혼하던 날, 얼굴에 웃음꽃 만개했던 그의 모습이 기억난다. 독신주의였던 그가 그토록 활짝 웃으며 행복해했다. 보는 이들마저 기분 좋아진 웃음이라고 했다.

아이와 장난치며 웃을 때는 얼마나 즐거워 보이던지. 밤늦게 집에 와 자는 아이 옆에 누워 아이를 안고 있던 그의 모습은 피곤에 절어 있었지만 행복해 보였다. 하루의 시름을 다 날려버린 것 같은 표정이었다.

운동 신경 없는 작은아이에게 두발자전거 가르친다고 며칠을 공원에 데리고 나갔다. 땀 뻘뻘 흘려가며 허리 굽힌 채 자전거 뒤에서 잡아주며 차분하게 타는 법을 설명해줬다. 될 듯 안 될 듯 밀당하는 두발자전거 타기에 포기하려는 아이를 친절하게 달랬다.

"나 안 할래."

"준이야, 잘 하고 있어. 소금만 더 하면 될 것 같아."

마침내 두발자전거 타기에 성공한 순간 온 가족이 환호했다.

"우와! 드디어!"

"내가 드디어 자전거 탄다!"

그제야 구부렸던 허리를 펴고 이마에 맺힌 땀을 닦던 그가 기뻐 보였다. 기쁨에 가득 차 환호하는 아이만큼.

직장에서 계획했던 일이 잘 되었을 때 축하를 받으면 도와준 사람들에게 공을 돌렸다.

짧은 생을 사는 동안 그는 늘 최선에 최선을 다했다. 헛되이 대충 보낸 시간이 없었다. 힘든 순간도 많았지만 분명 즐겁고 행복한 시절도 많았다. 이루기 어려운 걸 이룬 적도 많다. 가진 게 많았지만 겸손했다. 많은 사람이 그를 좋아했다. 그를 아는 사람은 그의 죽음에 슬퍼했다. 영정 사진 앞에서 오열하던 사람, 조용히 눈물 훔치던 사람, 망연자실 멍하게 있던 많은 사람의 모습이 떠오른다.

남들보다 짧게 살다 간 그지만, 남겨진 사람들이 슬퍼하지 않았으면 좋겠다. 고생만 하다 갔다며 안타까워하지 않았으면 좋겠다. 먼저 간 그도 남겨진 사람들이 슬픔에 빠져 울기를 바라지는 않을 것이다. 그는 지금 천국에서 편히 쉬고 있을 것이다. 그렇게 믿는다. 더 이상 괴로워할 일도 고민할 일도 없이 지낼 수 있어 다행이다. 🖐

터널

터널에 들어서는 순간
답답함이 몰려온다.
언제 벗어나지 하는 그 찰나
눈앞에 출구가 보인다.

삶 속에서도
어둡고 답답한
터널을 지나야 하는 순간이
오지만
반드시 출구가 있기에
두려워할 필요 없다.

집 근처에 일원터널이 있다. 터널치고는 짧은 편이라 1분이면 통과한다. 별 감흥 없이 하루에 몇 번씩 지나다니는 터널이다.

친구와 점심 약속에 나가서 수다 삼매경에 빠져 있었다. 12시쯤 되었으려니 하고 시계를 봤는데 1시가 넘었다. 아이 올 시간에 촉박했다. 서둘러 운전해 집으로 갔다. 그날따라 터널에 들어서는 순간

숨이 턱 막혔다. 갑작스러운 답답함에 당황스러웠다. 눈 몇 번 깜박이면 지나는 길이인데 짧은 시간 동안 걱정했다.

'언제 통과하지? 벗어나지 못하면 어쩌지?'

한 번 숨을 크게 내쉬니 앞에 환한 출구가 보였다. 늘 보던 출구인데도 얼마나 안심이 됐는지 모른다.

사람이 폐쇄된 공간에 있게 되는 경우가 흔히 있다. 승강기를 타거나 터널을 지날 때, 비행기나 기차를 탈 경우 그렇다. 그 공간에 있는 동안 답답함이나 공포를 느끼는 일은 드물다. 시간이 지나면 그 공간에서 벗어날 것을 알기 때문이다. 예상했던 시간이 지났는데 그곳을 벗어나지 못하는 상황이 생기면 바로 불안하고 두려워질 것이다.

작은아이가 9살이었을 때의 일이다. 아이를 학원에 내려주고 출발해 아이에게 전화를 했다.

"준이야, 엘리베이터 탔어?"

"응, 엄마."

"그래."

"어, 엄마! 엘리베이터가 이상해! 움직이지 않아!"

"뭐라고? 비상호출 버튼 눌러. 엄마 금방 갈게!"

"살려주세요!!"

놀란 아이가 살려달라며 울었다. 나도 놀랐다. 차를 돌려 신호도 무시하고 질주했다. 역주행까지 해가며 순식간에 학원 앞에 도착했다. 아이가 겁에 질린 채 우는 소리를 수화기 너머로 듣는 순간부터 제정신이 아니었다. 아이에게 무슨 일이 생길까 두려웠다. 나를 감싼 두려움이 과감한 질주를 하게 만들었다. 평소 같았으면 1층에서 1분도 안 돼 4층까지 도착했을 텐데 여태 움직이지 않으니 아이도 나도 공포에 떨었다. 학원 앞에 차를 던지듯 세워 놓고 내리려는 순간 아이가 말했다.

"아, 엄마. 내가 버튼을 누르지 않았던 거였어. 4층 버튼 누르니까 이제 움직여."

"어우야. 엄마 너무 놀랐잖아. 심장 멎는 줄 알았어."

"나도 너무 놀랐어."

그제야 안심이 되었다. 긴장이 풀려 다리가 덜덜 떨렸다. 일종의 해프닝이었다. 아무 일 없어 천만 다행이었다. 아이가 밀폐된 작은 승강기에 갇혔다고 인지된 순간의 공포는 다시는 겪고 싶지 않을 만한 것이었다.

몇 년 전 태풍 '차바'가 왔던 때의 일이다. 친구가 예약해둔 제주 여행을 고민 끝에 강행했다. 결항하지 않아 한 시간 비행 후 제주공항에 착륙만 남기고 있었다. 태풍이 심해 착륙 시도에 실패하고 다시 하늘로 올랐다. 흰침을 빙빙 돌다 다시 착륙 시도. 거센 바람으로 또 실패. 다시 그렇게 상공으로 올랐다. 세 번째 착륙을 시도했으나 실패. 그렇게 한 시간 넘게 제주도 상공을 빙빙 돌다 결국 회항해 서

울로 돌아왔다. 친구는 아직까지도 악몽 같은 시간이었다고 말한다. 나 역시 그 이후로 비행기 타는 게 두려워질 정도로 충격이 컸다.

　나는 행복 넘치는 하루를 원했다. 그게 안 되면 평범한 하루를 보내기 원했다. 고난의 시간은 없기를 기도했다. 하지만 살다 보니 이런 날도 있고 저런 날도 있다. 어둡고 답답한 터널을 지나는 것 같은 순간이 분명 있다. 출구가 없을까 봐, 그 터널을 벗어나지 못할까 봐 겁난다. 기약 없이 터널 안에 갇히게 될까 봐 두렵다. 하지만 터널에는 반드시 출구가 있기에 겁낼 필요 없다.
　고2 말부터 대입이라는 출구를 위해 터널에 들어섰다.
　"나 이제부터 쉬지 않고 열심히 공부할게. 꼭 원하는 대학에 합격할게."
　부모님에게 선언했다. 목표를 향해, 출구를 향해 쉬지 않고 달렸다. 다른 생각 안 하고 열심히 공부만 하며 지냈다. 친구들이 미팅, 소개팅을 제안해도 거절했다. 시험 끝나고 하루 이틀 놀러 갔을 때 말고는 늘 독서실로 향했다. 저 멀리의 환한 출구를 보며 지냈다. 그러면서도 불안했다. 목표에, 출구에 도달하지 못할까 봐. 겁이 났다. 터널을 벗어나지 못하게 되면 어쩌지 하는 생각에. 하지만 그리 길지 않은 시간 앞에 출구가 있었다. 합격의 순간이 있었다. 지나고 생각해 보니 왜 불안해했을까 싶다. 인생의 여정 속 하나의 터널을 그렇게 지났다.

현재 나는 인생의 또 다른 어두운 터널을 지나는 중이다. 이번 터널은 경로를 이탈해 진입했다. 계획에 없던 터널에 들어왔다. 남편의 죽음으로 갑자기 들어섰다. 그만큼 두려움도 컸다. 과연 벗어날 수 있을까. 헤쳐 나갈 수 있을까.

하지만 여태 그래 왔듯이, 출구 있는 터널임을 잊지 않고 달려가겠다. 어쩔 수 없이 겪게 되는 힘든 순간에도 불안해하지 않을 것이다. 다시 환하게 비출 환희의 순간을 기다리며 힘낼 것이다. 🐰

그리움이 녹아내릴까 봐

매일 밤 10시면 자려고 눕는다. 어제도 9시 반부터 샤워하고 양치하고 잠옷으로 갈아입고 10시가 좀 넘어 잘 준비를 마쳤다.

"얘들아, 자자."

"자기 싫어!"

"왜 벌써 자야 하는데."

"아침마다 일어나기 힘들어하면서!"

매일같이 밤에는 자기 싫다 난리고, 아침에는 못 일어나 난리인 두 녀석이다. 자기 싫다는 두 아이를 데리고 방에 들어왔다.

"잘 자. 오늘도 수고 많았어."

자기 싫다고 아우성이던 두 아이가 10분도 채 지나지 않아 조용해졌다.

'나는 웹툰만 보고 자야지.'

어둠 속 핸드폰 불빛에 의지한 채 눈을 부릅떴다. 웹툰도 다 보고 더 볼 게 없었다. 괜히 핸드폰을 만지작거렸다. 중요하게 할 일이 있는 건 아니었다. 하품이 쉬지 않고 나왔다. 눈을 비비고 이불을 턱 끝까지 끌어올렸다. 당장이라도 눈만 감으면 잠들 것 같았다. 졸린 걸 참아가며 볼 만한 게 있는 것도 아니었다. 어영부영 12시가 넘어가고 있었다.

'내일을 위해 자야지.'

방학인 아이들과 조조영화를 보기로 해서 일찍 일어나야 했다. 영화 시간을 기억하고 있었지만 괜히 영화 시간표를 확인했다. 다시 눈을 감았다. 그의 모습이 떠올랐다. 눈을 번쩍 떴다.

핸드폰을 들었다. 이미 다 본 기사를 한 번씩 다시 클릭했다. 눈에 들어오지 않았다. 졸렸다. 핸드폰을 내려놓았다. 꼴깍 침 한번 삼키고 눈 감았다 옆으로 돌아누워 끔벅. 가슴이 두근거렸다. 심장이 콩콩 뛰었다. 머리에서, 마음에서 찌릿찌릿 눈물샘에 신호를 보냈다. 눈물이 흘렀다.

눈물을 닦았다. 닦아내도 자꾸만 흘러 나왔다. 그러다 보니 눈물이 말랐다. 눈물이 마르니 아픈 가슴도 조금 괜찮아진 것 같았다.

하지만 여전히 콩콩 뛰었다. 가슴을 두드렸다. 진정하라고. 마음을 다잡았다. 울렁거리던 마음이 차분해졌다. 다행이었다.

똑바로 누웠다. 다시 눈을 감았다. 힘들게 잠이 들었다. 진작부터 졸렸는데도 겨우 잠들었다.

눈을 크게 뜨지 않아도

바라보면

늘 당신이 있었어요.

이제는

눈 감으면

당신이 보여

번쩍 눈을 떠요.

꽁꽁 얼려

마음 깊이

숨겨 놓았던

그리움이

녹아내려 버리거든요.

원래 엉덩이 붙이고 눈감으면 바로 잠드는데 몇 달 전부터 잠자기가 어려운 일이 되었다. 눈을 뜨면 잠이 쏟아지는데, 눈감으면 그의 생각이 몰려오기 때문이다.

하루에도 몇 번씩 그가 생각나면 어김없이 눈물이 흐른다. 잠깐 눈가에 맺힐 때도 있고 폭포수처럼 콸콸 쏟아질 때도 있다. 맺히는 대로 놔두면 눈물이 마르며 그리움도 마른다. 흐르는 대로 놔두면 눈물에 흘려간다.

바람에 흘러가는 구름 따라 보내기도 한다. 하늘을 올려다보면 구름이 다양한 속도로 나를 바라보며 움직인다. 그날의 바람 마음 따라 다르다. 어떤 날은 거센 바람 불어 빠르게 흘러가고, 또 다른 날엔 살랑 일어 구름이 천천히 나와 눈 맞추며 흘러간다. 그렇게 바람 따라 흘러가는 구름에 그이 생각이 흘러간다.

그대여 아무 걱정하지 말아요 우리 함께 노래합시다
그대 아픈 기억들 모두 그대여 그대 가슴에 깊이 묻어 버리고
지나간 것은 지나간 대로 그런 의미가 있죠
떠난 이에게 노래하세요 후회 없이 사랑했노라 말해요

노래에 흘려보내기도 한다. 모든 노래 가사가 다 나를 위한 것 같다. 그가 나에게 해주고 싶은 말처럼 느껴진다. 누군가 나를 위로하

고자 하는 말 같다는 생각이 들기도 한다. 내가 그에게 하고 싶은 말 같을 때도 있다. 그런 노래를 듣다 보면, 따라 부르다 보면 아른거리던 그의 모습이 노래에 흘려간다.

하루를 잘 버티고 자기 전 눈을 감았을 때 나타나는 그의 모습에 흔들린다. 기껏 하루 종일 잘 흘려보냈으면서 잠들기 전 눈감아 그가 보이면 붙잡고 싶어진다. 다잡았던 마음이 무너진다.

나를 보며 미소 지어 철렁한다. 마지막일 줄 몰랐던 그 뒷모습을 따라가고 싶어진다. 하얀 천 덮고 누워 있던 모습이 보여 심장이 쿵 내려앉는다. 차갑게 굳어버린 그의 손을 다시 잡고 싶어진다. 꽁꽁 얼려 마음 깊이 숨겨 놓았던 그리움이 녹아버린다.

당장이라도 그가 문을 열고 걸어 들어올 것 같다. 언제나처럼 다정하게 이름 부르며 내 눈을 바라볼 것 같다.

그가 그립다. 보고 싶어 애가 탄다. 보고 싶지만 보일까 겁이 나 잠들기 힘들다.

그리워하다

당신이 그리워

어찌할 줄을 모르고

하염없이 눈물만 흘리고 있네요.

내일이 되면

또 아무렇지 않은 듯

하루를 시작하겠죠.

그리워하고 그리워하다가

그렇게 내일을 그리고

또 다른 내일을 보내다 보면

언젠가는 가슴 깊이 당신을 묻고

정말로 괜찮은 날이 오겠죠.

그가 떠나고 사흘째 되던 날 아침이었다. 작은아이가 눈 뜨자마자 나를 안으며 말했다.

"엄마, 부탁이 있는데 들어줄 수 있어?"

"뭔데?"

"이제 제발 그만 울면 안 돼?"

"아!"

"엄마가 우니까 나도 너무 마음 아파."

정신이 번쩍 들었다. 이틀간 두 아이 생각은 못하고 정신없이 울기만 했다. 정신 놓고 우는 걸 다 보고 있었나 보다.

"엄마, 차라리 게임을 해봐. 아무 생각 안 나고 좋아."

우는 나를 힐끗 보고 큰아이가 지나가듯 말했다. 계속 우는 엄마가 마음에 걸려 차라리 게임이라도 했으면 싶었나 보다.

무수히 많은 세월 앞에 벌써 그가 보고 싶어 울었다.

"벌써 보고 싶어. 어떻게 하지. 너무 보고 싶어."

못해 준 것만 생각 나 미안해 울었다. 감당하기 힘든 슬픈 현실 앞에 우는 것밖에 할 수 있는 것이 없었다.

이틀 내내 엉엉 목놓아 우는 엄마를 보고 있었을 두 아들 생각에 미안했다. 그렇게 우는 엄마를 처음 보니 얼마나 무섭고 힘들었을까. 아이들에게도 버거운 슬픔일 텐데, 늘 괜찮다고 걱정 말라고 말해주던 엄마가 울기만 하니 얼마나 불안했을까.

"미안해. 이제 엄마 안 울게."

"응, 약속이야!"

아이와 두 손가락 걸고 약속했다.

그날 이후로 아이들 앞에서 울지 않았다. 몰래 울다가도 아이가 나타나면 울지 않은 척했다. 재빨리 눈물을 닦았다. 미처 눈물을 닦지 못해 아이가 왜 울었냐고 물으면 하품이 난 거라 했다.

슬픔에 그리움에 젖어 흐느끼다가도 아이가 오면 바로 멈췄다. 재생되던 슬픔도 그리움도 일시정지. 모든 감정은 이성이 지배하고 있나 보다. 이성이 멈추라 명령하는 순간 바로 감정이 멈춰지는 걸 보니 말이다.

며칠 전 밤이었다. 두 아이가 잠든 후 핸드폰을 봤다. 그날도 잠들기를 미루던 중이었다. 불 꺼진 방 침대에 누워 의미 없이 핸드폰만 들여다봤다. 졸려도 눈감지 못하고 참았다.

일부러 머릿속, 마음속에 꼭꼭 감춰두고 있는 그가 문득 보고 싶었다. 그가 보일까 두려웠는데 용기 내어 그를 보고 싶었다. 사진을 볼까 말까 고민했다.

그를 보고 싶은 마음이 이성을 이겼다. 침 한번 꼴깍 삼키고 사진을 찾았다. 떠나기 얼마 전 남이섬에서 찍은 사진이었다. 함께 웃고 있었다. 덤덤하게 봤다. 사진 속 웃고 있는 그의 모습에 나도 따라 미소 지었다.

노래 부르는 동영상을 재생했다. 큰아이가 우쿨렐레 연습하는 데 맞춰 노래했던 날이었다.

사진 속 모습만 보다 목소리까지 들으니 그가 가까이 있는 듯 착각이 들었다. 내 곁에 있는 느낌이었다.

문득 실감이 났다. 다신 볼 수 없는 웃음이라는 게. 다시는 들을 수 없는 목소리라는 게.

그 순간 찌릿, 마음이 저려왔다. 뺑 뚫려 버린 것 같았다. 아니 모르겠다. 가슴이 아팠다. 그리웠다. 그가 보고 싶었다. 만나고 싶었다. 간절히 그가 필요했다. 하지만 방법이 없었다. 눈물만 흘릴 뿐이었다. 아이들이 깰까 봐 소리 내어 울지 못하고 꾸역꾸역 참으며 흐느꼈다.

어렵게 쌓은 마음속 댐이 무너졌다. 눈물은 화수분같이 마르지도 않고 끝없이 흘렀다. 억지로 닦아내지 않으면 계속 철철 흘러내릴 판이었다.

얼마나 울었을까. 두 손으로 눈물을 닦았다. 토닥토닥. 가슴을 두드렸다. 그렇게 잠들었다.

다음날 아침 먼저 일어난 초코가 달려들어 얼굴에 뽀뽀했다.

"초코 벌써 일어났어?"

더 자고 싶었지만 배고프다 조르는 초코의 성화에 겨우 눈을 떴다. 몸을 일으켜 거실로 나왔다. 밤새 텅 빈 초코의 그릇에 사료와 물을 채웠다. 더러워진 배변 패드도 새것으로 갈아줬다.

시계를 보니 8시였다.

"얘들아, 일어나!"

두 아이를 깨웠다. 프라이팬을 달구고 버터에 빵을 구웠다. 물 한 컵 떠 유산균을 입에 털어 넣었다. 달맞이꽃 종자유도 한 알 입에 넣어 삼켰다.

화장실에 갔다. 거울을 봤다. 퉁퉁 부어 있을 거라 예상했던 눈이 하나도 안 부었다. 지난밤 저렸던 마음이 아무렇지 않았다. 그리움에 잠식당해버렸던 이성이 돌아온 것 같았다. 거센 그리움의 파도로 출렁거리던 마음이 잔잔했다. 평소와 다를 바 없는 그런 아침이었다.

무너졌던 댐이 자는 사이 다시 세워졌나 보다. 무너져도 자고 일어나면 다시 세워져 있으니 얼마나 다행인지 모르겠다.

이렇게 오늘을 살고 내일을 살고 매일을 살다 보면 언젠가는 댐 없이도 괜찮아지겠지. 가슴 깊은 우물 속에 당신을 묻고 정말로 괜찮은 날이 오겠지.

방 심

새소리만 가득한 아침이든 사람 소리, 차 소리 시끌벅적한 한낮이든 온 세상 어둡고 고요한 밤이든 상관없다. 해 쨍쨍 빛나는 날이든 보슬비 슬프게 내리는 날이든 솜뭉치같이 귀여운 눈 내리는 날이든 예상할 수 없다.

생각지 못한 순간 갑자기 눈물이 핑 돈다. 그러고 나면 예외 없이 줄줄 흐른다. 의지대로 되는 것이 아니다. 눈물샘과 마음은 연결되어 있는 것 같다. 눈물샘이 작동하면 마음에 신호를 보내 통증이 온다. 저릿저릿. 그렇게 별안간 마음이 아파온다. 내가 어찌할 수 없다. 눈물이 흐르는 대로 마음이 쑤시는 대로 놔둔다. 시간이 지나면 어느 순간 다시 괜찮아진다.

얼마 전, 미용실에 염색하러 가서 앉아 있었다. 마음도 평온한 상태였다. 새롭게 바꿀 머리색에 대한 기대로 기분도 괜찮았다.

처음 듣는 노래가 나왔다. 멜로디가 슬펐던 건 아니다. 가사가 귀에 들어온 것도 아니었다. 생각할 겨를 없이 갑자기 핑. 눈물샘이 자극되었다. 눈을 감아버렸다. 눈물이 흘러내릴까 봐. 가슴 아파올까 봐.

머리색을 체크하러 온 원장님이 물었다.

"무슨 일이에요, 왜 울어?"

들킬까 봐 재빨리 눈을 감았는데 소용없었나 보다.

"노래가 슬퍼서요."

노래 핑계대고 휴지를 받아다가 툭툭 털어내듯 눈물을 닦았다. 눈물이 마르니 저려오던 마음도 괜찮아졌다.

지난 세월 몇 번의 이별을 경험하며 익숙해졌다 생각했다. 잘 이겨낼 수 있었다.

하지만 남편의 죽음이라는 이별은 감당하기가 버거웠다. 마음이 너덜너덜해졌다. 아무 의욕이 없어졌다.

'안 되겠다. 이렇게 살아서는 안 되겠다. 이별이라는 게 원래 이렇다. 살다 보면 누구나 겪는 일이다. 마음 나누고 정들었던 만큼 아프다. 시간이 약이다. 쉬지 않고 흘러가는 시간에 아픔도 같이 보내면 된다. 비워내는 눈물만큼 함께한 추억도 비워내면 된다. 갑자기 눈물이 흐르고 별안간 마음이 아파오지만 난 괜찮다.'

수없이 마음속에 혼잣말을 했다. 머리에 대고 소리 없이 외쳐댔다. 주문을 걸었다. 난 괜찮다고.

괜찮았다. 며칠 동안 생각나지 않았다. 한순간도 떠오르지 않았다.

갑자기 눈물이 맺힌다.

그리고 주체할 수 없이

흘러내린다.

의지대로 되는 것이 아니다.

별안간 마음이 아파온다.

내가 어찌할 수가 없다.

눈물이 흐르는 대로

마음이 아픈 대로 놔두면

어느 순간 다시 괜찮아진다.

생각나지 않았다.

괜찮아진 것 같았다.

방심하던 찰나

핑, 눈물이 맺혔다.

사소한 순간의 기억이

멈춘 줄 알았던 생각을 깨워

마음을 흔들어 버렸다.

잊은 게 아니라

생각날까 겁이 나

애써 외면하고 있었던 것이다.

살 만했다. 시간이 지나면 괜찮아질 거라더니 정말 그런가 보다 싶었다. 이렇게 살아가면 되겠다고 생각했다.

아이를 학원에 태워다 주고 돌아오는 길이었다. 라디오에서 아이유의 'Love Poem'이 나왔다.

"이 노래 너무 좋지?"

"무슨 노래야?"

"아이유 신곡인데 가사가 너무 좋아."

그의 목소리가 맴돌았다. 몇 달 전 아이유 신곡이 좋다며 들어보라던 그 모습이 눈앞에 그려졌다.

Here I am 지켜봐 나를 난 절대

Singing till the end 멈추지 않아 이 노래

너의 긴 밤이 끝나는 그날

고개를 들어 바라본 그곳에 있을게

사소한 한마디의 기억이 눈물샘을 자극했다. 소리 없이 흐르는 눈물이 멈춘 줄 알았던 생각을 깨워 마음을 흔들었다. 마음의 진동이 뇌에게 신호를 보냈다. 찌릿찌릿.

'나는 지금 슬프다.'

나는 괜찮다고 수없이 걸었던 주문이 한순간에 풀려 버렸다.

그가 나에게 해주는 말 같았다. 먼저 갈 거라 직감이라도 해서 이

노래를 들려줬던 걸까.

마지막 그날까지 곁에 있어 주겠다고 하는 것 같았다. 보이지 않지만 다른 세상, 다른 공간에서 지켜주겠다 말하는 것 같았다. 몇 번을 다시 들었다. 듣고 또 들었다.

긴 세월 끝나는 그날이 아니라 지금 고개 들어 바라볼 때 앞에 있으면 얼마나 좋을까 생각했다.

말라버린 줄 알았던 눈물이 다시 샘솟았다. 무뎌진 줄 알았던 가슴이 무너져 내렸다. 괜찮았던 마음이 요동쳤다.

방심했다. 마음을 다잡지 않고 풀어놓아 버렸다. 잊은 게 아니었다. 괜찮아진 게 아니었다. 생각날까 겁이 나 외면하고 있었던 것이다.

PART 3

자연,
나의 힐링 메이트

행복은
내 언제나
있었다 겉에

달

나는 자연을 좋아한다. 바라만 보아도 나에게 기분 좋은 말을 거니 좋아하지 않을 재간이 없다.

어떤 날은 무성한 나뭇잎이 바람에 손 흔들어 인사한다. 길가에 쫑쫑 걸어 다니는 참새를 보고 모르는 척 지나치려 하면 쩍쩍 소리쳐 나를 멈춰 세울 때도 있다. 어떤 날에는 귀엽게 피어난 새싹이 고개 들며 반갑다 한다. 길가에 우두커니 자리 잡은 민들레 홀씨가 아무리 후후 불어도 날아가지 않고 꼭 붙어 눈 맞추는 날도 있다. 외로운 마음 위로해 달라 하는 것처럼.

벚꽃이 향긋한 꽃비를 내리며 지친 마음 달래줄 때도 있다. 잔잔히 흐르는 강물을 보고 있으면 마치 인생 같지 않느냐 말 걸기도 한다. 빨갛게 물든 단풍이 다시는 볼 수 없는 그리운 그의 얼굴을 보여줄 때도 있다. 포근한 어느 겨울날 펑펑 내리는 수많은 눈송이가 그리움에 공감해 주기도 한다.

봄이 오면 나무에 잎이 새롭게 돋아나기 시작한다.

매년 봄 설익은 초록, 연둣빛 나뭇잎을 볼 때마다 흥분해 두 아이에게 말했다.

"얘들아! 나뭇잎 좀 봐. 색이 어쩜 저래. 라임색이지?"

"응, 그러네."

"엄만 또 그 이야기야."

봄에만 모습을 보여주는 라임색 나뭇잎이 속삭이듯 말했다. 잠깐 보이는 자기를 잊지 말고 만끽하라고. 그 순간에만 누릴 수 있는 것을 놓치지 말라고.

겨울의 끝자락, 아슬아슬하게 가지 끝에 매달려 있는 나뭇잎이 내 처지에 공감해 준 적도 있다. 비실비실 비쩍 마르고 생기 없는 게 꼭 내 모습 같았다. 바람 불어 흔들어대도 안간힘을 써 매달려 있었다. 힘들어도 애써 지켜내라 말해주는 것 같았다. 위태로워 보이지만 강하다 생각했다. 그래, 그렇게 버텨내자.

언제나 나에게 말을 거는 자연이 좋다. 특히 하늘이, 그중에서도 밤하늘이 좋다. 깜깜한 하늘 가운데 언제나 밝게 빛나는 별 그리고 달을 찾는 재미가 있다. 반짝이는 별을 보고 있으면 벅찬 마음이 든다. 환한 달을 보면 마음이 가득 채워지는 기분이다.

기분 좋은 날에는 기쁨이 더 크게 부풀어 오른다. 슬프고 힘든 날에는 위로의 에너지를 발산해주니 방전됐던 마음이 완충된다.

어떨 때는 느끼지 못했던 것을 새삼 느끼게 해주기도 한다.

어느 여름날 저녁, 노을 지는 하늘이 예뻐서 길을 걷다 멈춰 넋 놓고 올려다보고 있었다. 한참 그렇게 멍하게 하늘만 봤다. 문득 넓은 핑크빛 하늘 속 초승달이 눈에 들어왔다. 작고 귀여운 초승달이 왜 자기는 안 봐주냐 하는 것 같았다. 내가 미처 보지 못한 광활한 하늘 속 하나의 점같이 작은 초승달처럼 무심코 지나칠 수 있다는 찰나의 행복이 있다는 걸 알려주었다. 그 소중한 순간의 행복을 잊지 말아야겠다 생각했다.

며칠 전에도 눈 마주친 달이 나에게 말을 거는 듯했다. 아이 영어 학원이 끝나는 시간에 맞춰 운전해서 데리러 가는 길이었다. 유난히 달이 밝은 날이었다. 달이 어디 숨어 있는지 바로 보이지 않았지만 까만 밤하늘 어디선가 등불을 비추는 듯 환했다. 새까만 밤바다를 비춰주는 등대 같기도 했다. 운전하랴, 숨은 달 찾으랴 정신이 없었다.

숨바꼭질 좋아하는 나와 잘 통하는구나. 보일 듯 안 보이는 달, 나와 달리 넌 밀당을 참 잘하는구나. 대체 어디 숨은 거니.

한참을 두리번거렸다. 찾았다!

친정엄마의 곱슬곱슬 파마머리같이 생긴 커다란 구름 뒤에서 달이 살짝 고개를 내밀고 있었다. 겨우 찾은 달을 운전하느라 제대로 보지 못하고 힐끔힐끔 올려다보았다.

'급할 땐 빨간 신호 잘만 걸리더니!'

신호등에 빨간불이 들어오면 멈추고 달을 제대로 보고 싶었지만 그날따라 초록불의 향연이었다.

마지막 신호등에서 드디어 빨간불이 들어왔다. 브레이크를 밟고 고개를 들어 달을 보았다. 달은 여전히 구름 뒤에서 고개만 내민 채 나올 생각이 없었다. 수줍은 와중에 인사는 하고 싶었나 보다.

미소 짓고 있는 것 같이 보였다. 나도 웃었다. 바라보기만 해도 마음이 따뜻해지는 기분이었다.

그가 떠난 후 걱정하고 있었다. 내가 변할까 봐. 열등감이나 자격지심이 생겨 이상해질까 봐. 일어나지도 않은 일을 미리 걱정했다. 그런 나에게 걱정 말라 말해주는 것 같았다. 힘든 상황에 잘 버텨내고 있다고 위로해 주는 것 같았다. 든든한 마음이 들었다.

밤하늘 올려다볼 때마다 꼭 나타나 눈 마주쳐 주는 달이 반가웠다. 행복할 때 같이 웃어주고, 힘들 때도 힘내라 웃어주는 달이 고마웠다. 나를 떠나지 않고 늘 내 곁에서 함께해 주는 달이, 하늘이, 자연이 고마운 밤이었다.

무심코 올려다본 밤하늘,
커다란 구름에 가려져
빼꼼히 고개 내밀고서
나를 내려다보고 있는
너를 미처 보지 못할 뻔했다.

오늘은 무슨 이야기를 해주러 왔니?
걱정 많은 내가 걱정되어
다 잘 될 거라고
그러니 걱정 말라고.
그 이야기 해주러 왔구나.

작은 별

구름에 가려져 앞이 잘 보이지 않는 달.

그 옆에 작은 별 하나가

달의 눈앞에 있는 구름을 치워주고 싶어

안절부절못하고 있다.

저 작은 별이 마치

내가 어찌할 수 없는 것을

어떻게 해 보겠다고 초조해하는

나의 모습 같다.

바람에 맡긴 채 시간이 지나면

자연스레 구름이 움직여

달이 환하게 보일 텐데.

우리 집은 대로변에 있는 아파트 12층에 위치하고 있다. 지하철 역, 버스 정류장이 집 앞 대로변에 있어 편리하다. 초·중·고등학교 도 걸어서 5분 거리다. 마음에 드는 게 여러 가지라 이 집에 정착했다.

그중 가장 마음에 드는 것이 바로 거실 창밖 풍경이다. 집 보러 다닐 때 첫 번째로 본 집이었는데 이 풍경을 보고 반해버려 다음에 봤던 집들은 기억도 잘 안 난다.

　창밖 풍경은 유럽여행 중 스위스에서 보았던 것과 비슷하다. 창밖으로 대로변이 있고 대로 건너편에 저층 아파트가 오손도손 자리 잡고 있다. 그 뒤에 산이 있다. 높지도 험하지도 않아 두 아이와 자주 찾는 산이다. 나는 이곳을 '강남의 스위스'라 이름 붙였다. 계절에 따라 바뀌는 모습을 보는 게 즐겁다. 산의 풍경을 구경하는 재미도 쏠쏠하다. 날이 흐릴 때면 구름이 산 중턱에 걸려 있다. 산 위로 무지개가 뜰 때도 있다. 밤에는 산 위에서 달과 별이 나를 반긴다.

　어느 여름 저녁이었다. 하루 종일 나쁨이었던 미세먼지가 좋아져 환기를 시키려 창문을 열었다. 산 위로 아직 하늘빛이 도는 하늘에 구름이 보였다. 길고 가늘게 퍼진 구름 뒤로 달이 언제나처럼 환하게 빛나고 있었다.

　달 옆에 작고 빛나는 점 하나가 보였다. 별이었다. 남색 도화지에 금빛 펜으로 점을 콕 찍어 놓은 듯했다.

　그 작은 별이 나는 봐주지 않고 자기 옆 달만 바라봤다. 밝은 달이 구름에 가려져 잘 보이지 않을까 노심초사하는 것 같았다. 달의 시야를 가리고 있는 구름을 걷어 내고 싶어 안절부절못하고 있는 것처럼 보였다.

　꼭 내 모습 같았다. 아무리 애써도 어찌할 수 없는 것들 앞에서 발을 동동 구르며 애 태우는 모습. 당장 내가 어찌하지 않아도 될 일에 조바심 내는 그런 모습이었다. 마음을 비우고 흘러가는 대로 놔두면 자연스레 해결될 일들을 말이다. 특히 아이 일 앞에서 나는 저 작은 별이었다. 시간이 지나면 바람 따라 구름이 스스로 자리를 옮길 텐데 아이 눈앞에 가려진 구름을 걷어 내려 마음을 쓰고 애를 태웠다.

큰아이는 다섯 살이 되어서야 말문이 터졌다. 동시에 글을 읽었다.
세 살이 넘어갈 때부터 양가 부모님이 걱정했다. 왜 아직 말을 하지 않는 거냐고. 그럴 때마다 난 할 때 되면 하겠지 생각했다. 네 살 넘어가니 주변 또래 아이들이 다 말을 곧잘 했다. 슬슬 걱정되기 시작했다.
"오빠, 건이 검사라도 받아봐야 할까?"
"글쎄."
아이는 생각은 많아졌는데 말로 표현이 안 되니 짜증이 많아졌다. 떼 부리고 울기도 했다. 그럴 때마다 아이를 혼내지 못하고 쩔쩔맸다. 남편이 떼쓰는 버릇 고쳐야 한다고 혼내려 하면 말렸다.
"아직 말을 못 해 답답해서 그러는 건데 혼내면 어떡해."
그러면서 속으로는 안절부절못했다. 아이가 짜증내고 떼 부릴 때마다 걱정에 사로잡혀 힘들었다. 아이가 다섯 살 되던 해 1월에 말문이 터졌다. 아이도 말문이 터지기만 기다렸던 것처럼 말문이 터지자마자 속 깊은 말을 했다. 동시에 글도 술술 읽었다. 그냥 시간이

가는 대로 놔두면 말할 텐데 걱정하며 노심초사했던 것이다.

큰아이가 2학년 때였다.

"○○가 자꾸 시비 걸고 괴롭혀. 다 같이 노는데 나보고 넌 빠지라고 했어."

그 말을 듣는 순간 세상이 무너지는 기분이었다. 담임선생님한테 전화해야 하나. 당사자 엄마한테 연락해야 하나 고민했다. 청소년 폭력 상담센터에 전화해 물어보기도 했다. 아이가 하교했을 때 표정이 어두우면 어김없이 물었다.

"오늘은 학교에서 괜찮았어?"

아무 일 없었다고 말해도 계속 걱정됐다. 불안했다. 지나가는 말로 아이가 속상했던 상황 이야기를 하면 긴 학교생활 중 짧은 그 순간을 전체로 확대해석하여 걱정했다.

아이가 학교에 가 있는 동안 약속에 나가서 웃다가도 억지로 웃음을 참기도 했다.

'아이는 힘들어하고 있을지도 모르는데 엄마인 내가 웃고 있으면 미안해.'

아이가 등교하면 곧장 책상에 앉아 성경책 펴고 기도했다. 학교에서 별일 없게 해달라고. 아이가 상처받지 않게 해달라고. 내가 대신 겪어줄 수 있는 아픔이면 좋겠다고 생각했다. 자나 깨나 그 생각뿐이었다. 초조하고 불안하여 어쩌지를 못했다. 아이는 속상해하긴 했어도 내가 불안해했던 것보다는 그런 상황에 크게 휘둘리지 않았던 것 같다.

시간이 흘러 5학년이 된 아이는 여전히 누군가와 다툼이 생긴다. 상처받을 때도 있다. 하지만 스스로 대처법이 생겼다. 사회생활하는 나름의 방법을 찾아가고 있다. 속상할 일에도 크게 휘둘리지 않는 마음을 갖게 된 것 같다.

지나고 보니 엄마로서 그렇게 조바심 내고 슬퍼하지 않아도 되지 않았을까 싶은 생각이 든다. 어느 정도만 조언해 주고 기다리고 지켜봐 주면 되었을 것 같다. 스스로 방법을 찾도록 말이다. 사회생활이라는 게 항상 마음 맞는 사람과 즐겁게만 할 수 있는 게 아니지 않은가. 상대와 크게 부딪히는 일을 만들지 않는 법도, 상처받아도 극복할 수 있는 방법도 아이 스스로 배워 나가도록 지켜봐 주면 될 일이다.

앞으로는 시련이라는 먹구름이 아이 시야를 가려도 조바심 내지 말아야겠다. 묵묵히 옆에서 지켜보며 빛을 비춰주는 작은 별이 되어야겠다.

비

우산 쓰고 걸을 때는
살짝 튄 빗방울에도 난리법석이었다.
들고 있던 우산을 버리니
온몸이 비에 젖어도
차분한 미소만이 지어졌다.

이틀째 비가 내리던 장마철이었다.

여름방학이라 어디든 놀러가기로 했는데 비가 내려 고민하고 있었다. 아이와의 약속은 지켜야지 싶으면서도 꼼짝하기 싫었다. 낮잠이나 자면 딱 좋을 날이었다.

"엄마, 어디 안 가?"

"비가 생각보다 많이 내려서. 어떻게 할지 고민 중이야."

"아 왜~! 나가자."

"심심해."

실내로 나가면 되는데 귀찮은 마음에 비를 핑계 삼아 외출을 미루고 있었다.

톡. 톡톡. 툭툭. 쏴아. 시원하게 비가 쏟아졌다. 창 너머로 샤워하듯 비를 맞고 있는 산이 보였다. 좋아 보였다. 문득 비 쏟아지는 날 산의 모습이 궁금했다.

"애들아! 산에 가자!"

"비 오는데?"

"일단 가자."

비 때문에 놀지 못한다고 불평하던 참이었다. 나가자니 신이 나 평소 굼벵이 같은 두 녀석이 5분 만에 나갈 준비를 마쳤다.

비가 거세게 내리지 않고 보슬보슬 내려 우산 쓰고 걸으니 걸을 만했다.

평소 두 아이와 산에 자주 가지만 비 올 때 가는 건 처음이었다. 빗속 산의 모습은 황홀했다. 비가 내려 흐린데도 눈부신 느낌이었다. 기분 좋은 꿈속을 걷는 기분이었다. 나무 고유의 향이 그 광경에 더욱 취하게 만들었다.

두 아들 녀석도 기분이 좋았는지 재잘재잘. 수다쟁이들이 더 말이 많아졌다.

우두두두둑! 쏴!! 갑자기 비가 거세게 내리기 시작했다. 우산을 써도 소용이 없었다. 순식간에 신발이랑 옷이 다 젖었다.

"꺅! 엄마! 집에 가자!!"

"왜 좋은데."

"자꾸 안경에 물 튀어서 불편하단 말이야."

"난 신발이 다 젖었어!"

두 아이가 난리법석, 요란 떨며 깍깍거렸다.

"어차피 젖었는데 우산 접고 다 맞자!"

"응?"

두 아이가 눈이 동그래진 채 나를 쳐다봤다.

"엄마 어릴 적엔 비 올 때마다 비 맞으며 뛰어 놀았어."

우산을 접고 빙글빙글 돌았다. 오랜만이었다. 일부러 비를 맞은 게. 어릴 적 이후로 처음이었다. 온몸이 비에 다 젖는데 이렇게 편안한 기분일 수가! 억누르고 있던 모든 게 빗장 해제된 느낌이었다.

가만히 보고만 있던 두 아이도 재밌어 보였는지 우산을 던져버리고 뛰어 다녔다. 거센 빗소리가 뚫어져라 고래고래 소리를 질렀다.

"야호!"

"우아!"

"스트레스 풀리는 것 같지?"

비를 피해 둥지로 날아드는 새가 보였다. 빗소리에 아무리 떠들어도 뭐라는 이 없어 좋았다.

아이들은 모르지만 영화 〈쇼생크 탈출〉의 명장면을 재연해 보자고 했다.

"주인공이 감옥 탈출 후 무릎 꿇고 빗속에서 환호성 지르는 장면이야."

큰아이가 빗줄기 가운데 무릎 꿇고 만세를 부르며 환호성을 질렀다. 아이도 나만큼 신나고 편해 보였다.

우산 쓰고 걸을 때는 살짝 튄 빗방울에도 난리법석이었는데 들고 있던 우산을 버리니 온몸이 비에 젖어도 차분한 미소가 지어졌다.

오랜만에 셋이서 정신 놓고 신나게 놀았다.

우산을 쓰고 걸을 땐 빗방울이 살짝 튀어도 싫었다. 찝찝한 기분이 들었다.

생각을 바꿔 우산을 접고 비 맞을 작정을 하니 온몸이 비에 젖어도 편했다. 오히려 기분이 좋았다.

같은 상황인데도 마음을 달리 먹으니 불편함이 편안함으로 바뀌었다. 마음속 불안이 사라지고 그 자리에 안정감이 자리 잡았다.

모든 일이 다 마음먹기에 따라 다르겠다고 생각했다.

폭우에 우산을 써도 소용없을 땐 불평하고 짜증내지 않고 차라리 비에 온몸을 맡겨 보겠다. 억수 같은 고난의 비가 쏟아져도 우산 속으로 피하지 않을 것이다. 비에 젖어 힘들다 하지 않고 시원하니 좋다 생각할 것이다.

　남편의 죽음이라는 갑작스런 고난의 소나기 속에서 움츠러들지 않고 활짝 기지개 켜겠다. 슬픔과 불운의 폭우를 맞았다 불평하지 않겠다.

　불안은 내려놓고 비 갠 후 환하게 햇살이 비출 미래를 기대하며 살 것이다.

　오늘도 긍정 마인드로 보낼 것이다. 긍정 여왕 정이 파이팅!

세 잎 클로버

하교한 작은아이를 데리고 소아과에 다녀오던 길이었다. 큰아이 하교 전에 집에 가려고 가뜩이나 빠른 발걸음을 재촉하고 있었다.

"엄마, 잠깐만!"

"왜? 형아 오기 전에 빨리 가야 하는데."

아이가 잡고 있던 손을 놓고 화단 앞에 쪼그리고 앉았다.

"뭐해?"

"네잎클로버 찾으려고! 행운을 가져온다잖아."

자연에 관심 많고 관찰력 좋은 두 아이는 클로버를 볼 때마다 그냥 지나치지를 못한다. 그날도 바쁘게 길을 가던 중에 작은아이가 클로버를 보고 멈춰선 것이었다.

10여 분 지났을까. 메뚜기를 노리는 개구리처럼 꼼짝 않고 쪼그려 앉아 있던 아이가 벌떡 일어났다.

"찾았어?"

어릴 적 추억에 젖어 기다리던 나도 내심 기대가 되었나 보다.

"아니. 세잎클로버뿐이야. 역시 나한테 행운 따윈 없나 봐."

"어떤 행운을 바랐는데?"

"그냥 행운이 오면 좋잖아."

"세잎클로버의 의미 알지?"

"행복이잖아."

"그래, 행복. 이미 수많은 행복을 찾았잖아."

"그래도 행운을 찾고 싶었는데."

세잎클로버 하나 따서 가져가자니까 네잎클로버가 아니면 싫다고 했다.

내가 딱 작은아이 만할 때였다. 넓은 잔디가 깔려 있는 공원에 놀러 갔다. 넓은 잔디밭 한쪽 구석에 클로버 밭이 있었다.

"우와, 우리 행운 찾자!"

쌍둥이 언니, 나, 그리고 남동생이 달려들었다. 누가 먼저 네잎클로버를 찾을까 경쟁하듯 손으로 클로버를 휘저었다.

"찾았어?"

"아니, 너는?"

"나도 아직."

해가 쨍쨍할 때부터 찾기 시작했는데 어느새 하늘이 붉게 물들기 시작했다.

함께 길을 걷던 아이가

네잎클로버를 찾겠다며

한참을 멈춰 서 있었다.

재촉하지 않고 기다려줬다.

나도 어릴 적엔 행운을 기대하며

열심히 네잎클로버를

찾곤 했으니까.

결국 세잎클로버뿐이라며

실망하는 아이.

실망할 필요 없어.

한순간의 행운도 좋지만

네 주변에 있는

수많은 행복을 봐.

"벌써 해가 지려나 봐."

마음 급해져 힘든 줄도 모르고 아예 바닥에 털썩 앉아 정신없이 찾았다.

결국 삼남매가 공평하게 네잎클로버를 하나씩 찾았다. 집에 가져와 책장 사이에 고이 보관했던 기억이 있다.

세월이 흐르며 열심히 찾았던 행운이 기억 속으로 잊혀졌다. 지금은 그 네잎클로버가 어디에 있는지도 모르지만 그날 삼남매가 설레는 마음으로 힘든 줄도 모르고 행운을 찾던 기억은 행복한 기억으로 남아 있다. 그 당시 기대했던 행운보다는 행복이 남은 것이다.

어른이 되고 나서부터 불과 얼마 전까지 내가 누리고 있는 행복을 당연시했다. 그래서 나를 둘러싼 무수히 많은 행복은 보지 못하고 행운을 바랐다. 눈앞에 많은 세잎클로버는 보지 않고 네잎클로버만 찾았다.

스스로 느끼지 못했지만 마음 깊은 곳에 욕심이 자리 잡고 있었다. 그래서 행복을 누리면서도 그만큼의 행복을 느끼지 못했던 것 같다.

남편의 성공, 두 아이의 학업적 성취 등 나를 잊은 채 보이는 결과에 신경 썼다.

든든한 양가 부모님, 자상한 남편, 귀여운 두 아이, 늘 내 편인 쌍둥이 언니, 듬직한 남동생, 깜찍한 초코, 안락한 집, 마음을 나눌 수 있는 친구들, 먹고 싶은 건 다 먹을 수 있을 정도의 여유, 지친 마음을 달래는 나만의 방법, 끝없이 도전하고자 하는 마음, 건강한 몸, 약하지 않은 정신, 기댈 수 있는 성경말씀, 이 모든 게 행복이었다. 평범한 일상을 보낸다는 게 가장 큰 행복이었다.

한순간의 큰 요행을 바라며 그것이 없다 불평하고 살기에는 내가 누리고 있는 행복이 많았다.

네잎클로버는 보편적인 흰꽃클로버 종 안에서 발견되는 유전적 변종으로 자연 상태에서 찾을 확률은 0.0001%라고 한다. 0.0001% 밖에 안 되는 행운 찾기에 소중한 시간을 버리느니 내가 누리고 있는 소소한 행복에 감사하며 살아야겠다.

봄

겨우내 한참을 기다린

봄의 끝자락.

그토록 오래 기다리게 하더니

이렇게 금방 가는 거냐!

나비가 날갯짓하며 위로했다.

내년에 또 오니 아쉬워 말고.

4월 어느 날이었다. 두 아이의 등교를 준비하면서 마음이 급했다.

"얘들아, 빨리 준비하고 학교 가."

"왜 이렇게 재촉해?"

"엄마가 오늘 약속이 있거든."

"너무해. 우리 학교 간 동안 엄마는 놀러 나가고."

전날 저녁 친구들과 단톡방에서 이야기하다 갑자기 약속을 잡았다.

"어느새 봄이 가고 있나 봐."

"벚꽃이 곧 질 텐데 아직 벚꽃놀이를 못 갔어."

"나도."

"내일 시간 되는 사람, 벚꽃구경 가자!"

"좋아!"

가는 봄 아쉬워하며 즉흥적으로 벚꽃구경 가기로 했다.

얼마 전까지 앙탈부리던 꽃샘추위가 살짝 제풀에 지쳐 수그러드는 중이었다. 그래도 여전히 얇은 코트나 경량패딩을 입을 만큼 쌀쌀한 날씨였다.

"오늘은 뭘 입지."

두꺼운 겨울옷이 지겨워 외출 전 옷장을 뒤적였다. 핫팬츠에 끝단에 시스루 옷감이 덧대진 트렌치코트를 입었다.

'핫팬츠는 좀 오버인가.'

주황색 니트에 바지를 입었다.

'기분 좀 내고 싶은데, 이건 2프로 부족해.'

청바지에 검정 재킷을 입었다.

'음. 이건 화사한 봄 느낌이 아니야.'

고민 끝에 원피스를 꺼내 입었다. 연보라빛이 도는 핑크와 레몬빛 스트라이프가 있는 원피스였다.

봄꽃과 어울릴 것 같아 골랐다. 그 위에는 얇은 봄 재킷을 걸쳤다. 앞코가 뚫린 구두를 꺼내 신고 나왔다. 봄옷 입고 또각또각 걷는데 혼자 웃음이 났다.

코끝에 향긋한 바람이 스쳤다. 주변을 둘러보니 여기저기 꽃이 피어 있었다.

'여전히 봄이구나!'

4월 내내 봄꽃과 함께했다. 개나리 폈을 때는 노란 원피스 입고 나갔다. 벚꽃 보러 갈 때는 연한 핑크색 옷을 꺼내 입었다. 라일락, 겹벚꽃이 한창일 때는 진분홍 치마를 입고 나갔다. 꽃과 '깔맞춤'하며 꽃이 된 기분이 들어 들떴다.

봄이 좋아진 건 불과 몇 년 전의 일이다. 어느 날 길을 걷다 라일락 향을 맡았다.

'너무 좋다.'

나도 모르는 새 봄꽃 향기에 취했다. 은은한 향수를 좋아하는데 향수의 인공 향과 다른 자연의 향은 더 은은하고 깔끔했다. 코는 이미 봄꽃에 점령당했다. 다음은 눈 차례였다. 향기에 취하고 나니 그간 그냥 지나쳤던 꽃들이 눈에 들어오기 시작했다. 분홍색인 줄로만 알았던 진달래꽃은 자세히 들여다보니 빛에 따라 살짝 보라를 섞어 놓은 분홍으로 보이기도 했다. 노란 개나리꽃은 눈을 크게 뜨고 보니 황색이었다. 작고 노란 꽃이 모여 있는 개나리를 보면 황금색 황룡포를 덮어 놓은 것처럼 보였다. 벚꽃은 진달래와 달리 하얀색 같기도 한 연한 분홍색이었다. 벚꽃이면 벚꽃이지 겹벚꽃이 있다는 것도 새롭게 알았다. 벚꽃보다 더 크고 휴지를 뭉쳐 놓은 것 같은 모습이었다. 벚꽃과 달리 분홍색 그 자체의 색을 띠고 있었다.

자연이 이런 다양한 빛을 만들어 낸다는 게 신기했다. 빛에 따라, 기분에 따라 천차만별로 보이는 자연의 빛깔을 보니 매료되지 않을 수 없었다. 후각, 시각에 이어 마지막에는 감수성까지 점령당해 버렸다. 꽃향기에 빛깔에 감성 충만해졌다. 감성까지 젖어 지나간 시절이 떠올라 뭉클해지기도 했다. 따뜻한 봄날 맑고 쾌청한 하늘을 보며 마음 가득 느껴지는 행복에 몸 둘 바를 모르기도 했다. 오감을 자극해 내가 살아 있음을 느끼게 해주는 봄이 특별하게 다가왔다.

4월 말이 되니 봄꽃이 작별 인사했다. 그 인사가 어찌나 요란한지 사방에 꽃이불을 깔아놓은 듯했다. 얼굴에 스치는 바람이 따뜻했다. 햇살은 온화했다. 나비가 팔랑팔랑 날아다녔다. 쉴 새 없이 하품이 났다. 여전히 봄이었지만 봄꽃이 지고 나니 벌써 봄이 가버린 것 같았다.

꽃향기 살짝 스쳐 내 마음에 봄바람 나게 하더니 한 달 만에 가 버렸다. 짧은 만큼 아쉬웠다. 기대했던 것보다 금방 가 속상했다. 만끽하지 못해 미련이 남고 서운했다.

배추흰나비가 구불구불 S자 모양을 그리며 눈앞에서 날갯짓했다. 다른 곤충은 급하게 '윙, 엥' 하고 날아가 버리는데 이 아이는 시간이 많은 건가. 천천히 여유 있게 날갯짓하며 위로해 주는 것 같았다. 내년에 또 오니 가는 봄 아쉬워 말라고. ❧

민들레 홀씨

살랑이는 바람에도
한순간에 흩어져
날아가는 걸 보니
떠나는데 미련 없는 줄 알았는데
그게 아니었나 보구나.

겉으로 보기엔 단단한데
후!
하고 분 입김에
힘없이 꺾여 버린다.
민들레 꽃대.
민들레 홀씨처럼
혼자서 시련을 이겨낼 줄 알아야
비로소 강해진다.

한낮에 걸으면 이마에 땀방울 맺히던 봄의 끝자락이었다.

전날 저녁 축구 수업에 갔던 작은아이가 친구와 장난치다 발목을
삐끗했다. 등교 전 정형외과에 들러 반깁스해 절뚝거리는 작은아이

손을 잡고 학교에 가는 길이었다.

가로수 아래 민들레 홀씨가 보였다. 민들레와 마주칠 때마다 아이는 처음 만나는 사이처럼 한참 눈을 맞추곤 했다. 그날도 그냥 지나치지 않고 멈춰 섰다. 황사 때문에 쓰고 있던 마스크를 내렸다. 몸을 구부렸다. 그리고는 후! 하고 불었다.

다른 때는 살짝 콧바람만 불어도 폴폴 날아가더니 그날은 미동도 없었다. 숨을 크게 들이마시고 다시 한번 후! 끄떡없었다.

"엄마, 이거 진짜 단단한가 봐!"

"그러게. 신기하네."

"다시 한번 불어볼게."

"학교 늦었는데 그냥 가자."

빨리 가자고 하는데도 아예 쪼그리고 앉았다. 반깁스 한 다리가 불편했을 텐데 아랑곳하지 않고 민들레 홀씨 불기에만 열중했다.

"후, 후, 후!"

요지부동이었다. 누가 민들레 홀씨 한 톨 한 톨에 강력 접착제라도 붙여 놓은 걸까.

아이는 오기가 발동했는지 한 발짝 더 가까이 다가갔다. 꽃대를 살짝 손으로 잡았다. 입술이 닿을 만큼 가깝게 가져다 대었다. 모든 동작이 신중했다. 마지막 시도라 마음먹었는지 어느 때보다 더 크게 숨을 들이켰다.

쓰으읍 그리고 후!

민들레 홀씨는 그대로 붙어 있고 애꿎은 꽃대만 뚝 꺾여버렸다. 민들레 홀씨가 버텨냈다.

황소고집 우리 아이보다 더 고집 센 녀석이었다.

"얘는 진짜 강력한 아이다."

"인정!"

평소 민들레 홀씨가 약한 바람에도 솜털같이 가볍게 날아가는 모습을 보고 떠나는 데 미련 없나 보다 했다. 떠나야 할 때 돌아보지 않고 갈 길 가는 모습이 멋지다 생각했다.

놓아야 할 때는 미련 없이 놓고 떠나는 민들레 홀씨처럼 살고 싶다 생각했다.

그런데 훌훌 털어내려 해도 끝까지 붙어 있는 이 녀석은 꼭 내 모습 같았다. 욕심을 내려놓지 못하는 내 모습. 욕심내지 않겠다고 해놓고 깨끗이 잊지 못하고 신경 쓰는 내 모습 같았다.

두 아이가 스스로 할 수 있는 부분은 믿어주고 기다려 주겠다고 다짐했다. 하지만 며칠 못 가 내 기준에 맞지 않으면 잔소리하고 소리쳤다.

"아니, 이거 다 배운 건데 왜 틀렸어! 이런 거 모르면 안 되지."

"그럴 수도 있지. 엄만 내 나이 때 이런 거 했어?"

말문이 막혔다. 한 번 배웠다고 틀리면 안 된다는 기준은 그저 내 욕심일 뿐이었다. 솔직히 아이만 할 때의 나보다 아이가 더 잘하는데도 꼭 이렇게 상처 주는 말, 듣기 싫은 말을 내뱉어 버렸다.

아이 일 앞에서는 왜 이렇게 욕심 버리고 마음 내려놓는 게 어려운지 모르겠다.

같은 상황을 보고 아이는 달리 생각했다. 아이는 끝까지 버텨내는 민들레 홀씨가 오히려 멋지다 생각했나 보다. 힘없이 꺾여 버리는 민들레 꽃대가 실망스럽다 했다.

"민들레 꽃대가 겉으로 보기에는 단단한데 한순간에 꺾여버렸어."

"그러게. 의외였어."

"겉으로 보기에만 강하면 뭐해. 민들레 홀씨처럼 혼자서 시련을 이겨낼 줄 알아야지."

"우와, 그런 생각도 했어?"

겉으로 보기에는 작고 어리지만 속은 꿋꿋하고 흔들림 없는 아이다. 아이는 민들레 홀씨를 보며 자기와 같다 생각했을까.

같은 상황에 다른 생각을 가지고 아이와 이야기 나눌 수 있어 좋았다. 자연 앞에서 아이와 공감하고 교감할 수 있어 좋았던 아침이었다.

그리움이라는 눈

하늘에서

하얀 그리움이 내려

땅에 소복이 쌓인다.

가만히

바라보고 있다가

발아래 쌓인 그리움을

툭툭

털어냈다.

하얗게 쌓인 그리움이

당신에 대한 기억을

가려버리는 것만 같아서.

아직은

당신을 잊고 싶지가 않아서.

크리스마스를 며칠 앞둔 12월의 어느 날이었다.

며칠 전, 올해는 왜 이렇게 눈이 안 내리냐고 투덜대던 두 아이가

방에서 자고 있던 나를 불렀다.

"엄마, 눈 와! 빨리 나와 봐!"

"엄마! 빨리!"

잠에 취해 귀찮은 마음이 들었다.

"엄마 그냥 좀 잘게."

큰아이가 안방으로 들어와 나를 잡아끌었다.

"엄마 진짜 많이 와. 나와서 봐!"

아이 손에 끌려 거실로 나갔다. 어느 순간 부쩍 커 힘도 나보다 세진 아이였다. 혹시 엄마가 울고 있나 싶어 일부러 들어와 본 것 같았다.

"우와. 정말 많이 내린다."

"그렇다니까! 나와 보길 잘했지."

우중충했던 마음에 설렘이 꽃 피는 것 같았다.

눈은 언제나 설레고 반갑다. 반가운 눈을 함께 볼 수 있게 엄마를 불러 준 두 아이가 고마웠다. 억지로 끌려 나왔지만 나와 보길 잘했다 싶었다.

거실 창 앞에 앉았다. 오랜만에 눈답게 내리는 눈을 보니 나도 들떠 두 아이에게 말했다.

"눈 많이 쌓이면 오랜만에 눈싸움 하러 나가자."

"제발 펑펑 내려라."

"많이 쌓여라."

옅은 회색빛 하늘에서 솜뭉치가 끝없이 내려왔다.

뻥 터진 뻥튀기 같기도, 펑 터진 팝콘 같기도 했다. 그래서 눈이 펑펑 내린다고 말하나 보다.

어느새 창으로 보이는 학교 운동장에 하얗게 쌓였다. 소복이 쌓이는 눈을 보다 보니 마음에 그리움이 자리 잡기 시작했다.

'아차.'

하얗게 쌓인 눈이 슬퍼 보인 건 처음이었다. 다시 하늘을 올려다봤다. 끝없이 높은 하늘에서 눈송이가 하염없이 내려왔다.

광활한 하늘 끝, 눈에 보이지 않는 그곳에서 나 보라고 그가 펑펑 보내는 것 같았다.

반가우면서도 슬펐다. 먼저 가 미안하다 하는 것 같았다. 저 하늘 너머에서 그가 나를 내려다보고 있지 않을까 생각했다. 그도 나에게 닿을까 손을 내리뻗고 있을 것 같았다.

창문을 열어 손을 뻗었다. 손 뻗으면 그가 얼굴을 내밀까 싶어서. 그가 내민 손에 닿을까 싶어서. 차가운 눈꽃이 손을 스쳤다. 아무리 길게 뻗어도 한없이 높은 하늘에 닿기에는 턱없었다. 그래도 한참 손을 뻗고 올려다봤다.

하얀 그리움이 펑펑 내렸다. 소복소복. 마음에 그리움이 수북 쌓였다. 그지없이 펑펑 내리는 눈이 반갑지 않은 건 처음이었다.

창문을 닫았다. 뻗었던 손에 묻은 눈물을 톡톡 흔들어 털었다. 눈가에 두 뺨에 묻은 눈물도 소매에 쓱쓱 닦았다. 마음에 수북이 쌓인 그리움을 툭툭 털어냈다.

마음이 찢어지는 것 같아도, 가슴이 철렁 내려앉아도, 시도 때도 없이 눈물이 흘러도 아직은 그를 잊고 싶지가 않아서.

단풍

길을 걷다가 멈춰 섰다.

붉게 물든 단풍이 예뻐서.

가만히

바라다보니

자세히

들여다보니

나를 보며 웃고 있는

당신의 얼굴 같아서

발걸음이 떨어지지 않았다.

내가 태어난 계절, 두 아이가 태어난 계절이라 그런지 가을을 유독 좋아한다. 결혼기념일이 있는 계절이기도 하다. 빨간 단풍과 함께한 소소한 추억이 많아 더 애정이 가는 가을이다.

그런 11월의 어느 날, 잔잔했던 내 삶의 바다에 남편의 죽음이라는 벼락이 떨어졌다. 거센 폭풍우와 거친 파도가 나의 바다를 뒤흔들었다. 소용돌이 친 내 삶에 정신 놓아 가을을 느낄 겨를이 없었다.

몸도 마음도 힘들었던 장례를 치르고 며칠 만에 초코를 산책시키러 나갔다. 은행잎이 지며 노란 비단길을 만들 때, 발그레 물들기 시작했던 단풍잎. 한동안 신경 못 쓴 사이 새빨갛게 물든 단풍나무 잎이 저 멀리부터 흔들흔들 인사했다. 모르는 체 할 수 없어 평소 가던 길과 반대 방향으로 갔다.

"오늘은 이쪽 길로 가볼까, 초코야?"

아이 하교 전 조금 시간이 남아 나왔던 산책길이라 단풍과 잠깐 눈 맞추고 지나치려 했다. 눈앞에 마주한 순간 종종걸음을 멈췄다. 오랜만에 바라보니 가슴이 두근거렸다.

머리 위로 올려다보는 단풍잎이 예뻤다. 햇빛 비치는 순간이 아니었는데, 빛 받은 것처럼 눈부신 빨간색을 띄고 있었다. 환한 빨간색이었다.

마음이 몽글몽글해지는 기분이었다. 잎 하나하나 자세히 봤다. 아무 말 없이 숨만 쉬며 봤다. 눈도 깜박이지 않았다. 홀린 듯 가만히 바라봤다.

차 소리가 시끄러운 길이었지만 소음이 하나도 귀에 들어오지 않았다. 단풍잎과 눈 맞추다 보니 시간이 멈춘 것 같은 기분이 들었다. 드라마나 영화를 보면 '슬로 모션'이 걸리면서 주변 모습은 시야에서 사라지고 그 대상만 보이는 장면이 있는데 딱 그 느낌이었다. 주변 다른 사물은 흐릿해지고 빨간 단풍만 눈에 들어왔다.

따스한 기운이 마음에 퍼졌다. 모난 데 없이 둥글둥글 착한 마음을 가진 그가 생각났다. 수줍은 듯 미소 짓는 그의 얼굴이 떠올랐다.

만삭인 배를 두 손으로 받치고 그와 함께 올림픽공원으로 단풍 구경 갔던 때가 생각났다.

첫아이가 예정일이 지났는데도 나올 기미가 없어 기다림에 지쳐 있었다. 오전 내내 기운 없이 누워 있는 나를 가만히 지켜보다 옷을 갈아입고 나오며 그가 말했다.

"운동도 할 겸 올림픽공원에 단풍 구경 가자."

"그래. 운동이라도 해야 좀 빨리 나오려나."

그가 내민 손을 잡고 집을 나섰다. 비가 부슬부슬 내려 같이 우산 쓰고 걸었다. 하루 종일 내린 비로 단풍잎이 레드카펫 깔아 놓은 길을 걸었다. 부모가 될 가까운 미래에 대해 이야기를 나눴다.

"엄마가 된다는 게 설레고 행복하지만 잘 키울 수 있을까 걱정이 되기도 해."

"잘할 거야. 걱정 마. 이렇게 쭉 뻗은 단풍길처럼 우리의 미래도 탄탄대로일 거야."

그가 손잡으며 다정하게 웃어줬다. 걱정 말라고 했다. 따뜻한 그의 미소에 걱정이 녹아내린 순간이었다.

큰아이가 네 살, 작은아이가 두 살 때 어느 날의 가을도 떠올랐다. 웬일로 해가 지기 전 일찍 퇴근하고 들어온 그가 신발도 채 벗기 전에 말했다.

"올림픽공원 갈까? 단풍 보러! 이렇게 평일에 일찍 오는 날도 손

꼽는데 그냥 보내기 아쉽잖아."

"그래. 좋아."

두 아이를 데리고 올림픽공원에 갔다. 평일 저녁이라 그런지 사람이 많지 않았다. 곳곳에 붉게 물든 단풍이 보였다. 그저 보는 것만으로도 기분이 좋아졌다.

잔디밭에 돗자리를 깔았다. 간식 먹고 비눗방울을 불었다. 공놀이도 했다. 그러다 다 같이 돗자리에 누워 하늘을 봤다. 노을 지는 하늘이었다. 내가 가장 좋아하는 그 하늘이었다. 환상적인 분홍빛 연보랏빛을 띤 하늘이었다.

"아, 좋다."

"넷이 함께 이런 예쁜 하늘을 볼 수 있다는 거 자체가 행복이다. 그렇지, 오빠?"

"응."

미소 띤 얼굴로 그가 대답했다. 아들 둘 독박육아에 지쳐 있던 내가 웃어주며 행복하다 하니 그도 좋았나 보다. 그의 미소같이 잔잔한 행복이 느껴지는 그날의 추억이다.

늘 그렇게 미소 지어줬다. 슬플 때나 기쁠 때나 옆에 있어 주었다. 하소연하면 가만히 들어주었다. 그리고 공감해 주었다. 성격이 급해 쉽게 흥분하는 내 옆에서 차분히 중심 잡아 주었다. 서로 고집부리며 싸운 적도 있었다. 그럴 때마다 내가 먼저 사과하면 바로 풀리는 그였다. 그러고 나서 웃어주는 그였다.

그랬던 그가 없다. 지금은 옆에 없다. 미소 띤 얼굴을 볼 수 없다.

미소 지으며 내려다보는 단풍나무 따라 웃었다. 입으로는 미소 짓고 있는데 이상하게 눈물이 핑 돌았다. 순식간에 폭포수처럼 흘러내릴 기세였다. 더 보고 있으면 울음이 터질 것 같았다.

돌아서려 했다. 발걸음이 떨어지지 않았다. 그의 미소가 그리웠나 보다.

겨울

차가운 바람이 불어와
그리움으로 시린 마음을
더 시리게 한다.
앙상한 나뭇가지가
아픔으로 저린 마음을
더 저리게 한다.

꽃이 피는 따뜻한 봄이 기다려진다.
봄이 오면 괜찮아질까.
따뜻해진 날에 예쁘게 핀 꽃을 바라보면
당신을 그리며 시리던 마음에
따뜻했던 당신의 기억이
몽글몽글 샘솟을까.

나는 겨울을 별로 좋아하지 않는다. 추위가 느껴지면 자연스레 몸
이 움츠러진다. 마음도 함께 움츠러든다. 침대에 뛰어들어 이불 속
에 있고만 싶다. 매사에 의욕이 없어진다.

　두껍게 껴입는 겨울옷도 별로다. 미니스커트나 핫팬츠를 즐겨 입는 나는 겨울옷이 답답하게 느껴진다. 한겨울 집에서 추워도 반소매에 맨발 차림이다.

　시들고 얼어버린 꽃, 칙칙하게 어두운 가지만 남은 나무도 기운 빠지게 한다.

　강아지 초코 산책도 자주 못 시켜 아쉽다. 하루 일과 중 하나가 되어버린 초코 산책을 거르는 건 나에게 어쩔 수 없는 이유로 아침밥을 굶는 것과 같은 느낌이다.

　겨울을 좋아하지 않는 이유가 하나 더 생겼다. 가을의 끝자락, 초겨울이 고개 내밀고 있을 때쯤 터진 그 사건 때문에 몸도 마음도 덜덜 떨리는 겨울에 갇혀 있는 기분이다. 11월 그날 이후로 시간이 멈춰버린 것 같다. 그래서인지 이번 겨울은 유난히 길게 느껴진다.

　'이 겨울이 지나가긴 하겠지. 봄이 오긴 하는 거지.'

　두 아이들도 겨울을 좋아하지 않는 것 같다. 특히 작은아이가 그렇다. 요즘 들어 아침마다 학교 가기 싫다는 말을 하며 눈뜬다. 무슨 일 있나 걱정되어 물어보면 대답은 항상 똑같다.

"추워서 이불 밖으로 나가기가 너무 힘들어. 추운데 학교까지 걸어가는 게 너무 싫어."

어떨 때는 울기까지 한다.

"네 마음 알아. 엄마도 추운데 일어나서 준비하고 나가는 거 정말 싫어했어."

아이를 학원에 태워다 주러 주차장에 내려갔다. 잠깐 마주한 차가운 공기에도 털이 바짝 섰다. 곰처럼 옷을 껴입어도 소용없었다.

오들오들, 부들부들. 살짝 숨을 내쉬어도 입김이 하얗게 나왔다. 발을 동동 빠르게 걸었다.

"아우, 추워!"

아이도 호들갑이었다.

"아, 진짜 너무 추워!"

차 타기까지의 그 짧은 사이에도 겨울바람은 가만히 있지 않았다.

얼음같이 차가운 바람이 얼굴을 스쳤다. 온몸에 한기가 돌았다.

그 한기가 가뜩이나 쓸쓸한 마음을 꽁꽁 얼려 버렸다. 그리움으로 아픈 마음을 더 시리게 했다. 통증이 더해지다 아예 구멍이 뻥 뚫린 것 같았다. 마음이 텅텅 비워져버리는 느낌이었다. 텅 빈 마음이 공허함을 불렀다. 공허함으로라도 빈자리를 채워 넣고 싶었나 보다.

인생이 덧없이 느껴졌다.

차창 너머로 가로수가 보였다. 풍성하게 생기 넘쳤던 잎은 진즉 다 떨어져버리고 가녀린 나뭇가지만 남아 비실비실 서 있었다. 생기 없이 가무파리한 나뭇가지를 보니 아픈 마음이 더 저려왔다. 해쓱하고 야윈 게 내 모습 같아서. 아침에 봤던 거울 속 내 모습 같아서.

생기 잃고 비쩍 말라버린 건 외모뿐 아니라 마음도 정신도 마찬가지였다. 이렇게 변한 내 모습을 마주하는 건 가슴 아픈 일이 아닐 수 없었다. 주머니에 있던 립스틱을 꺼내 바르고 거울을 봤다. 별 소용이 없었다.

겨울이 더 싫어지기 전에 봄이 왔으면 좋겠다. 햇살 좋은 꽃 피는 봄이 기다려진다.

따뜻한 봄이 오면 괜찮아질까.

예쁘게 핀 꽃을 보면 얼어붙었던 마음이 녹을까.

초록빛 새싹을 보며 희망을 가질 수 있을까.

포근하게 감싸주는 햇살 아래 서면 행복을 꿈꿀 수 있을까.

생기를 되찾을 수 있을까.

봄꽃 향기와 따뜻한 온기가 마음에 자리 잡아 공허함을 밀어낼 수 있을까.

따뜻했던 당신의 기억이 몽글몽글 샘솟을까.

겨울에 갇혀버린 내 시간에, 내 마음에 봄이 찾아올까.

밤하늘

까만 밤하늘 아래에서
눈을 감았다.
온 세상이 깜깜.
두려움이 몰려왔다.
이 어둠이
내 마음도 덮어버릴까 봐.

　20대 인기 여가수 두 명이 우울증을 앓다가 스스로 목숨을 끊었다. 이전에도 인기를 누렸던 몇 명의 연예인들이 우울증으로 세상을 떠났다.

　마음의 감기인 우울증은 연예인들만 걸리는 병이 아니다. 누구에게나 찾아올 수 있는 것이다. 최근 들어 우울증을 앓고 있는 사람이 늘고 있다. 건강보험심사평가원에 따르면 2018년 정신과 병원·의원에서 정신 및 행동장애로 진료 받은 환자는 약 315만 명에 이른다고 한다. 계절성 우울증, 직장인 우울증, 산후 우울증, 갱년기 우울증 등 종류도 다양하며 흔히 고민, 무능, 비관, 염세, 허무 관념 따위에 사로잡힌다고 한다.

우울증이 있는 사람은 나약한 사람이라 생각했다. 같은 상황도 마음먹기에 따라 다른데 어떻게 자기 마음도 다스리지 못해 마음에 병을 가지나 생각했다. 마음이 마음대로 되지 않으면 그 상황을 벗어나버리면 그만이라 생각했다.

긍정적이고 씩씩한 나는 고민, 무능, 비관, 허무 등의 어두운 관념이 스치긴 해도 사로잡힐 일은 없을 거라 생각했다. 걱정이나 고민이 계속되어 우울한 감정이 들면 나만의 방법으로 그 감정을 조절했다.

어릴 적에는 무섭거나 겁나면 따뜻한 엄마 품에 파고들면 그만이었다. 학창 시절에는 걱정할 시간에 잠을 잤다. 시험이 가까웠을 때 계획대로 잘하고 있다가 문득 불안함에 우울해지면 책을 덮고 일단 잤다. 일찍 자고 다음날 일찍 일어나 공부했다. 새벽에 일어나 책상에 앉으면 신기하게도 전날 밤 공부를 방해했던 우울감이 사라지곤 했다. 잡념이 사라져 머리가 맑아졌다. 기분이 좋아지고 집중이 잘 되었다.

요즘 나는 고민이나 걱정으로 인해 우울한 감정이 고개를 들 때면 관련된 생각을 차단한다. 마음속으로 '이제 그만.' 또는 '주님 감사합니다!'라고 생각한다. 어떨 때는 소리 내어 외친다. 그러고 나면 생각에 생각이 꼬리를 물어 우울의 늪에 빠지기 전 생각이 멈춘다. 이 방법이 통하지 않는 날에는 성경책을 펴고 기도한다. 기도하고 나면 우울한 감정이 항복하고 후퇴한다.

나만의 방법으로 감정을 잘 조절하고 있다고 생각했다. 실제로도 그래왔다.

두 아들 키우는 건 두더지 게임을 하는 것 같았다. 큰아이 걱정 두더지가 고개를 쏙 내밀어 망치로 탕탕 두드리면 곧바로 작은아이 걱정 두더지가 고개를 내밀었다. 탕탕. 여기서 쏙, 저기서 쏙쏙. 걱정할 일이 끝없이 생겼다. 거기다 남편 걱정 두더지도 종종 고개 들었다. 계속 그렇게 걱정하다 보면 일어나지 않은 일까지 걱정하게 되었다. 불안증이 생겼다. 미칠 노릇이었다. 친정엄마는 어쩌다 내 얼굴을 보면 흠칫 놀라곤 했다.

"아니, 도대체 너 얼굴이 왜 그러니? 무슨 일 있어?"

"걱정할 일이, 속 끓일 일이 끝도 없이 생겨."

불안증 앞에선 무릎 꿇었지만 생각차단과 기도의 방법으로 우울 증은 감히 얼씬도 못하게 버텼다. 최근에는 불안증도 이겨냈다. 내 가 걱정한다고 달라질 수 없는 일이 대부분이었다. 걱정하지 않기

로 했다. 일어나지 않은 일을 미리 걱정할 필요는 없었다. 그러다 보니 불안증이 없어졌다.

남편의 죽음이라는 큰 고난을 겪으면서도 씩씩하게 밝게 잘 버티고 있었다. 갑작스러운 고난 앞에 스스로 이상하게 변할까 걱정한 적이 있다. 열등감이 생기지는 않을까. 자격지심이 생기면 어쩌지. 그때 누군가 나에게 말했다.

"일어나지 않은 일에 대해 미리 걱정하지 마, 수정아."

그렇지! 미리 걱정할 필요 없는 거였지!

슬픔이나 걱정, 불안은 휴지통에 던져 버렸다. 잘 살 수 있다는 희망과 다가올 행복에 기대어 살아야겠다고 생각했다.

억지로 소리 내어 웃었다. 깔깔 웃다 보니 살아갈 기운이 생겼다. 짓밟혔던 긍정의 싹이 새롭게 자라났다.

며칠 전 저녁, 아이 영어 학원 끝날 시간에 맞춰 데리러 가던 중이었다. 늘 그렇듯 운전대를 잡고 틈틈이 하늘을 올려다보았다. 해가 져 깜깜한 하늘이었다. 그날따라 별도 보이지 않고, 달도 어디에 숨었는지 찾을 수 없었다.

깜깜했다. 순간 무서웠다. 부르르 몸을 떨었다. 어두운 밤하늘이 무서워 눈을 감았다. 눈을 감아도 두려웠다. 어둠이 마음까지 덮어 버릴 것 같았다. 외면하고 있던 마음 깊은 곳에 어두운 감정이 소용돌이쳤다. 그대로 어둠에 덮여 버리면 아무리 발버둥 쳐도 헤어 나오지 못할 것 같았다. 자세히 들여다보았다. 그 어둠은 우울이었다.

우울의 어둠이 내 마음을 옴짝달싹 못 하게 할 것 같았다. 희망, 행복, 긍정 따위는 지금 네 상황에 어울리지 않는다 말하는 것 같았다. 그런 감정이 처음이라 낯설고 두려웠다.

생각을 멈췄다.

"이제 그만!"

엑셀을 밟았다. 신나는 노래를 골라 틀었다. 크게 따라 불렀다.

환한 달빛에 아늑하게만 느껴졌던 밤하늘이 무섭게 느껴진 밤이었다.

밤하늘, 그 속에 달

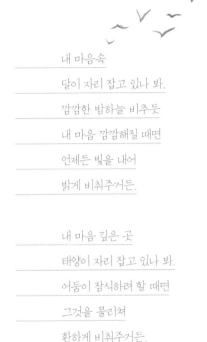

내 마음속

달이 자리 잡고 있나 봐.

깜깜한 밤하늘 비추듯

내 마음 깜깜해질 때면

언제든 빛을 내어

밝게 비춰주거든.

내 마음 깊은 곳

태양이 자리 잡고 있나 봐.

어둠이 잠식하려 할 때면

그것을 물리쳐

환하게 비춰주거든.

　　몇 주 전, 시부모님, 두 아이와 함께 그를 만나러 갔다. 오랜만에
만나는데 반가움보다 아픔이 컸다. 새삼스레 그의 죽음이 실감난
순간이었다.

　　그의 육신은 하얀 가루가 되었다. 그 과정을 직접 다 봤으니 거짓

이라고 할 수 없는 사실이었다. 하지만 여전히 내 옆에 우리 곁에 함께 있는 것만 같았다. 아이 앞이라 눈물을 감추고 태연한 척했지만 마음이 욱신거렸다. 쑤시듯 아팠다.

밝고 씩씩한 엄마이고자 노력하는 걸 두 아이도 아는지 전과 다름 없이 잘 웃고 떠든다. 장난도 여전하다. 재잘재잘, 쫑알쫑알, 깔깔, 까르르. 웃으며 장난치는 두 아이를 보고 아버님이 말씀하셨다.

"아이들이 밝아서 좋네. 수정이가 애 많이 쓰고 있는 걸 알겠어."

말하지 않아도 마음 알아주시니 다른 위로가 필요 없을 만큼 감사했다.

그의 장례 기간 동안 참 많이 울었다. 40년 인생 통틀어 그렇게 울어본 건 처음이었다. 발 동동 구르며 목놓아 비명 지르듯 운 건 어릴 적 기억에도 없다. 그렇게 울 때마다 내 옆에는 항상 쌍둥이 언니가 있었다. 고개 돌려 보면 나와 똑 닮은 쌍둥이 언니가 옆에서 나만큼 서럽게 울고 있었다. 마치 거울을 보고 있는 듯했다.

"울지 마, 수정."

나보고 울지 말라고 말하면서 본인도 울었다. 내가 흘려야 할 눈물의 반 정도 대신 흘려준 것 같다. 그만큼 내가 견뎌야 할 슬픔도 덜어진 기분이다.

남동생도 장례 기간 동안 듬직하게 내 손을 잡아 주었다. 미리 설명 듣고 굳게 마음먹고 들어간 입관식이었지만 고통스러웠다. 꿈인지 생시인지 현기증이 났다. 터져 나오려는 울음을 억지로 틀어막으며 흐느꼈다. 갑자기 숨이 잘 안 쉬어졌다. 거칠어진 숨소리를 듣자마자 옆에 있던 남동생이 나를 들쳐 안듯 데리고 밖으로 나왔다. 나오자마자 울음이 터졌다. 울지 말라고 말하지 않았다. 그저 탈진할까 봐 틈틈이 물 마시도록 해주고 어깨며 손이며 주물러 줬다. 네 살이나 차이가 나 어린아이 같게만 느껴졌던 남동생이 듬직했다. 든든하게 옆에 있어준 남동생 덕분에 힘든 순간 숨 쉴 수 있었다.

입관식에서 나와서도 울음이 멈추지 않았다. 그때 어머니가 옆에 와 손잡고 기도했는데 울음이 그쳐졌다. 숨 가쁘게 요동치던 마음이 잔잔해졌다. 진정됐다. 어쩌면 나보다 더 힘들 수도 있는 순간 손잡고 기도해 준 어머니가 감사했다.

사촌들과 친구들이 수시로 연락했다. 평소와 다를 바 없이 일상을 이야기하며 연락했다.

아무렇지 않은 척 연락했지만 난 느낄 수 있었다. 진심을 다해 나를 위로해 주고 싶어 한다는 걸.

진정한 친구는 좋은 일에 함께 기뻐해 주는 사람이라 생각했다. 하지만 이번 일을 겪고 보니 친구의 슬픔에 자기 일처럼 슬퍼해 주는 사람도 진정한 친구였다. 그리고 그런 사람이 진심으로 기쁨을 함께할 수 있는 친구였다. 아무나 던지는 형식적인 가벼운 위로가 아니고 진심으로 슬픔을 나눈다는 게 어떤 건지 느낄 수 있었다. 덕분에 시린 마음이 따뜻하게 데워졌다.

살면서 누군가를 부러워했던 적이 없다. 질투했던 적이 없다. 잘

나서가 아니다. 가진 게 많아서도 아니다. 사랑받고 자라서 그렇다고 생각한다. 부모님 사랑 덕분에 긍정적이고 씩씩하게 자랐다. 그 긍정의 힘으로 아픔의 시절을 버텨내고 있다.

쌍둥이 언니가 함께 울어줬다. 남동생이 든든하게 손잡아 주었다. 시부모님도 아픔 속에서 내 아픈 마음 더 헤아려 주셨다. 아픔을 나눠주니 아픔이 덜어진 것 같았다.

의식적으로 매일 연락해 주는 사촌들과 평소처럼 밝게 대해주는 친구가 울적할 새 없게 해주었다.

두 아이는 변함없이 잘 웃고 끝없는 수다로 안심시켰다. 여전히 장난 치고 틈틈이 반항하며 정신없이 일상을 보내게 해줬다.

내 마음속에 달이 자리 잡고 있다. 언제나 밝게 비춰 어둠이 자리 잡지 못하게 한다. 내 마음속에 태양이 있다. 우울이라는 감정이 잠식하려 할 때면 그것을 물리쳐 환하게 비춰 준다.

그렇다. 내 마음속에는 부모님 사랑이 있다. 나보다 씩씩한 두 아이가 있다. 이심전심 쌍둥이 언니가 있다. 큰 키, 넓은 어깨만큼 든든한 남동생이 있다. 언제나 웃어주는 친구가 있다. 내 마음속에 달, 태양, 내 사람들이 있다. ✆

PART 4

지친 일상 속,

마음이 따뜻해지는

순간

행 복

그리 어려운 것이 아니다.

아주 멀리 있는 것도 아니다.

"저는 이렇게 사는 것도 나쁘지 않은 것 같아요. 누군가의 엄마, 누군가의 아내로. 가끔은 행복하기도 해요. 그런데 또 어떤 때는 어딘가에 갇혀 있는 기분이 들기도 해요."

작년 10월, 영화 〈82년생 김지영〉을 보고 난 후 가장 기억에 남은 대사이다. 유독 이 대사가 기억에 남은 이유는 공감돼서가 아니다. 다른 사람에 빙의가 될 정도로 마음이 병든 지영이가 가끔 행복하다고 느끼는 게 부러워서였다.

돌이켜 보면 이 영화를 볼 때쯤 나는 많이 힘들었던 것 같다. 소소한 일상에서의 행복을 알던 내가 가끔은 행복하기도 하다는 지영이의 말이 부러워 눈물을 흘렸으니 말이다.

남편이 밖에서 힘든 시기를 보내니 나도 힘들었다. 부인으로서 남편을 믿고 응원했지만 내가 해줄 수 있는 건 그것뿐이었다.

누구나 힘든 그 시기를 우리도 겪고 있었다. 남편은 밖에서 일복 많은 시기, 나는 엄마로서 책임감에 힘든 시기, 스트레스가 많아 서로 힘든 걸 알아주기 바라는 시기였다. 몇 년간 계속되는 이런 굴레에서 벗어나고 싶었다.

가장 믿고 의지할 수 있는 존재가 흔들리니 나도 중심 잡기가 힘들었다. 위태로웠다. 불안했다. 행복이 가까이에 있다는 걸 알면서도 오롯이 그 행복을 느끼지 못했다.

온전히 행복을 누렸던 시절도 있었다. 살면서 가장 행복했던 기억은 몇 년 전 제주도에서 남편이 공보의 하던 시절이다. 공보의 시절이 의사 생활의 꽃이라고 하던데 왜 그런지 알겠다며 남편과 고개를 끄덕였던 그때 그 시절. 가족 모두가 특별한 스트레스나 고민, 걱정 없이 즐겁게만 지냈던 것 같다. 싸울 일이 없었다. 서로 사랑해주기에도 시간이 부족했다.

시간적인 여유가 있으니 마음에도 여유가 넘쳤다. 원래도 다정한 남편이 더 다정하게 더 많이 아껴줬다. 당시 나는 제주도에서 육아휴직 중이던 은행에 복직했다. 월요일 아침, 출근을 준비하려고 겨우 일어나 눈을 떠보면 새벽부터 일어나 유니폼을 다리고 있던 남편의 모습이 아직도 따뜻한 기억으로 남아 있다.

다섯 살, 세 살이었던 아이들과 날씨와 시간이 허락될 때마다 보건소 앞 협재 해안을 비롯하여 바다로, 오름으로 놀러 다녔다. 자연을 온전히 느끼며 지냈다.

제주도 서쪽 끝 한경이라는 작은 동네 보건소 관사에서 지냈다. 지금은 그 주변에 카페도 많이 생기고 분위기가 달라졌지만 그 당시에는 숨겨진 보물 같은 동네였다. 한적하고 조용하고 아름다웠다.

보건소 관사는 지금 생각하면 어떻게 살았을까 싶은 10평 남짓한 원룸 형태였다. 네 식구가 비좁은 관사에서 살을 부비며 지냈던 그 시절, 물질적으로 많은 걸 누리지는 않았지만 이런 게 행복이구나 싶었던 적이 많다.

사람 많고 복잡한 서울과 달리 적적할 만큼 조용한 동네라 행복했다. 한낮에 가만히 있으면 들리는 소리라고는 파도 소리, 바람 소리뿐이라 행복했다. 답답할 때면 곧장 바다로 나갈 수 있어 행복했다. 작은 상 하나 펴놓고 서툴게 만든 음식도 맛있게 먹어준 가족 덕분에 행복했다. 누워 있으면 서로 엄마 배 위에 올라타겠다며 아옹다옹하는 두 아이 덕분에 행복했다. 욕조가 없던 관사 욕실에서 커다란 대야에 따뜻한 물 받아 두 아이 넣어 놓고 깔깔 대는 웃음소리에 행복했다. 늦잠 자는 아내 대신 두 아이 어린이집 등원시켜 준 남편 덕에 행복했다. 서울에 있는 가족들이 가끔 내려올 때마다 반가움에 행복했다. 남편이 석사논문 때문에 밤새 관사에 들어오지 못해도 어렸지만 든든한 두 아이 덕분에 행복했다. 동네 작은 국수집의

매콤새콤한 국수 덕분에 행복했다.

　주위에 온통 행복뿐이었다. 소소한 행복이 가장 큰 행복이란 걸 느꼈다. 행복만 가득했던 그 시절을 떠올리니 그때가 그리워 마음이 살짝 저려온다.

　그렇다. 행복은 어려운 게 아니었다. 멀리 있는 것도 아니었다. 내 곁을 지켜주는 가족이 행복이었다. 가족과 누리는 소소한 일상이 행복이었다.

　행복이 가까이 있다는 걸 다시금 깨닫고 나니 나를 둘러싼 행복이 느껴졌다.

　아침에 눈 뜨자마자 머리에 까치집 지은 채 엄마 커피 심부름 나가는 큰아이 덕분에 행복하다. 나랑 눈 마주칠 때마다 배 뒤집으며 애교 부리는 초코 덕분에 행복하다. 수시로 다가와 어깨를 주물러주는 작은아이 덕분에 행복하다. 두 아이가 함께 놀며 깔깔 웃는 소리에 행복하다. 미세먼지 없이 맑은 하늘이 며칠 지속되어 행복하다. 펑펑 눈 내리는 날 뒷산에 가 눈사람 만들며 신난 아이 모습에 행복하다. 눈밭에 드러누워 올려다 본 하늘이 환상적이라 행복하다. 내가 쓴 시에 공감해 준 사람 덕분에 행복하다. 별거 없는데 역시 엄마 요리가 최고라고 해준 아이 덕분에 행복하다. 예뻐졌다 말해준 누군가 덕분에 행복하다. 작가가 되겠다는 꿈이 생긴 덕분에 행복하다. 집에 데려온 지 하루 만에 꽃 피운 수선화 덕분에 행복하다. 걱정되지만 그 걱정에 휩싸여 불안해하지 않는 방법을 아는 내 자신 덕분에 행복하다. 듣고 있던 노래가 좋다며 에어팟을 내 한쪽 귀에 꽂아 준 아이 덕분에 행복하다. 기도할 수 있어 행복하다.

소소한 모든 게 행복이었다. 행복하지 않을 이유가 하나도 없었다.

대단한 물질적인 부를 누리지 않아도 된다. 아이에 욕심 내지 않아도 된다. 몸과 마음이 건강하면 그걸로 괜찮다. 행복은 성적순이 아니라는 말도 있지 않나.

종종 다가오는 시련에 크게 흔들리지 않아도 된다. 조금 지나면 그 시련도 반드시 지나갈 테니까.

칭 찬

그녀가 예쁘다고 느껴진 순간,
예쁘다 말했다.
그가 사랑스럽다고 느껴진 순간,
사랑스럽다 말했다.
예쁜 말, 아낄 필요 없잖아.

내가 잘하는 일은 칭찬이다. 이 세상에 사소한 한마디라도 칭찬을 듣고 기분 나빠할 사람이 과연 있을까? 타인에게서 좋은 점이 느껴지면 나는 인색해지지 않고 바로 칭찬을 해준다. 칭찬을 해주는 나도, 칭찬받는 상대방도 기분 좋아지는 그 순간이 나는 좋다.

몇 년 전 친구 소개로 한 언니와 처음 만났던 날이었다.

"너무 예뻐."

"아, 귀여워."

서로 보면서 예쁘다 했다. 무슨 말만 하면 귀엽다 했다.

친구와 나 사이의 대화는 늘 이렇다. 그날도 마찬가지였다. 서로 애정 가득 담아 바라보니 예쁘고 귀엽게 느껴진다. 느껴지는 바를 입 밖으로 내 꼭 칭찬해준다. 친구와 내 별명은 칭찬요정이다. 친구와 내가 서로 끝없이 칭찬하니 둘 사이 대화를 처음 들은 언니가 당황스러워했다.

"어머, 이렇게 대놓고 칭찬하는 거 익숙하지 않다. 그래도 듣기 좋네."

그 후 언니도 주변 사람들에게 칭찬을 아끼지 않고 있다고 했다. 언니와 우리는 만날 때마다 칭찬해주며 긍정 에너지를 받는 좋은 관계를 유지하고 있다.

두 아이에게도 칭찬이 긍정적인 영향을 끼칠 때가 많다. 같은 상황에서 혼낼 때보다 칭찬해주고 좋은 말을 해줄 때 아이도 좋은 방향으로 달라진 적이 많았다.

등교 준비 전쟁이었던 아침을 사소한 칭찬으로 바꿨다. 등교 준비할 때 재촉하지 않으면 언제나 '세월아 네월아'인 두 아이였다. 일어나라고 한두 번 말해서는 일어나지 않았다. 마음이 급해지면 결국 꽥 소리 지르고 말았다.

"일어나라고!"

잠이 덜 깨 아침밥 먹는 것도 얼마나 오래 걸리는지 모른다. 밥 먹고 양치, 세수하고 옷 갈아입고 집을 나서기까지 계속 재촉하며 소리질렀다. 결국 두 아이의 기분을 상하게 하고 큰아이와 싸웠다. 전쟁이 따로 없었다. 그러고 나면 내내 마음이 불편했다. 방법을 달리 해야겠다 생각했다.

아침에 일어나라고 몇 번 말해도 일어나지 않을 때 아이가 즐겨든는 노래를 크게 틀었다. 바로 일어났다. 칭찬했다.

"우와, 금방 일어났네! 착해라."

기분 좋게 일어나 식탁에 앉은 두 아이가 눈 비비며 잘 들어가지도 않는 밥을 꾸역꾸역 먹으면 칭찬했다.

"일어나자마자 밥 먹기 힘든데 진짜 잘 먹는다."

칭찬에 으쓱해진 아이가 시키지도 않았는데 다 먹은 그릇을 싱크대에 가져다 놓았다. 칭찬해 주었다.

"시키지도 않았는데 그릇도 가져다주고. 고마워."

양치해라, 세수해라 말하지 않아도 스스로 알아서 했다. 한 아이가 잘하니 나머지 아이도 경쟁하듯 잘했다. 옷 갈아입고 가방 메고서 말했다.

"엄마, 나 오늘 준비 빨리 했지?"

"응, 너무 잘했어. 이렇게 잘하니까 엄마도 소리 안 질러도 되고 너무 좋다."

웃는 얼굴로 배웅했다. 창문으로 내려다보니 두 아이가 가벼운 발걸음으로 등교했다. 나도 마음이 가볍고 편했다.

초등학교 때 일기 쓰는 걸 좋아했다. 하루 동안 있었던 일과 느꼈던 점을 쓰는 게 재밌었다. 5학년 때 담임선생님이 친구들 앞에서 공개적으로 칭찬했던 적이 있다.

"수정이는 일기를 참 솔직하고 재미있게 잘 써. 앞에 나와서 읽어줄래?"

갑작스러운 선생님 제안에 두근대는 심장 달래가며 겨우 일기를 읽었다. 뿌듯했다. 처음 느껴본 감정이었다. 이후로 글 쓰는 게 더 좋아졌다. 선생님 추천으로 글쓰기 대회에 나가기도 했고 자원해서 나가기도 했다. 만일 그때 담임선생님의 칭찬이 없었다면 나서기 좋아하지 않았던 내가 자원해서 대회에 나가는 일은 없었을 것이다. 칭찬 덕분에 자신감을 얻어 가능했던 일이다. 몇십 년이 지난 지금까지도 그날 칭찬받았던 일은 손에 꼽을 만큼 좋은 기억으로 남아 있다.

피그말리온 효과(Pygmalion effect)가 있다. 긍정적인 기대나 관심이 좋은 영향을 미치는 효과를 말하는 것으로 그리스 신화에서 유래되었다. 키프로스 섬의 왕 피그말리온은 아름다운 여인상 갈라테이아(Galateia)를 조각하였는데 아름다운 그 조각상을 진심으로 사랑하게 되었다. 그의 사랑에 감동한 여신 아프로디테가 조각상에게 생명을 주어 그의 소망을 이뤄주었다.

에디슨과 어머니의 유명한 일화도 떠오른다. 달걀을 부화시키겠다고 헛간에서 알을 품는 등 많은 기행을 저지른 에디슨을 사람들은 손가락질했지만 그의 어머니는 특별한 아이라며 칭찬해 주었다. 호기심에 엉뚱한 질문을 하고 수업을 방해한다는 이유로 초등학교 입학 3개월 만에 퇴학당했지만 혼내지 않고 에디슨을 인정해주고 직접 가르쳤다고 한다. 다른 사람들이 보기에 이상하고 엉뚱한 행동을 했을 때 어머니마저 혼내고 무시했다면 에디슨은 훌륭한 위인으로 자랄 수 없었을 것이다.

재작년 작은아이가 일 년 넘게 시를 써 〈영재발굴단〉 출연까지 하게 된 것도 어찌 보면 사소한 내 칭찬 한마디가 씨앗이 되어 열매 맺은 결과라고 생각한다. 많은 독서량과 깊은 사고 덕에 어휘 선택 자체가 또래와 다르다. 사고의 방향도 좀 다르다. 친구와 대화할 때 상대 아이가 귀찮게 느껴질 때도 있을 것 같다. 아이가 하는 말이 친구 귀에는 엉뚱한 이야기로 들릴지도 모르겠다. 학교에서 〈서시〉 외우기 행사를 하고 난 후 아이가 처음으로 시 한 편을 썼다. 평소 많이 읽고 생각했던 덕분인지 여덟 살 어린이가 썼다고 하기엔 심오하고 남달랐다.

"우와, 어떻게 이런 생각을 하고 이런 표현을 했어? 대단하다!"

엄청난 칭찬을 쏟아부어 주고 엄지를 치켜세워 줬던 기억이 있다. 그 순간 아이의 뿌듯한 표정이 인상적이었다. 기분이 좋았는지 그날 이후로 수시로 시를 썼다. 처음 아이가 쓴 시를 보고 칭찬 없이, 별 반응 없이 지나쳤다면 아이가 백 편이 넘는 시를 썼을까 하는 생각이 든다.

신경 쓰고 복잡한 일 많은 일상 속에서 누군가 만날 때마다 사소한 칭찬 한마디 해주면 서로 기분이 좋아진다. 기운이 난다. 지나칠 수 있는 칭찬을 아이에게 해주면 더 잘하려 노력한다. 그 작은 노력의 씨앗으로 커다란 열매 맺는 일이 생기기도 한다. 비단 아이뿐만이 아닐 것이다.

　집에서 키우는 반려견조차 배변 훈련 시에 실수한 걸 혼내지 말고 잘했을 때 칭찬해주라고 한다. 이처럼 그 효과가 놀라운 칭찬.

　듣는 사람도 해 주는 사람도 기분 좋아지는 긍정의 말, 칭찬을 아 낄 필요가 있을까.

그 대 는 세 . 젤 . 예

늙었다

슬퍼 말아요.

누구보다 예쁜 그대.

오늘이 내일보다

젊고 예쁘다는 걸

잊지 말아요.

젊음이 영원할 것 같았다. 40대가 되고 보니 그렇지 않았다. 백세 시대에 아직 젊은 축에 속하는 나이긴 하지만 30대까지는 느끼지 못했던 것들이 새삼 느껴진다.

얼굴에 하나둘 주름이 생겼다. 눈가주름, 팔자주름, 목주름이 눈에 들어오기 시작했다. 흰머리도 생겼다. 주기적으로 염색해 흰머리를 가린다.

체력도 예전 같지 않다. 하루 종일 놀아도 다음날 오뚝이처럼 벌떡 일어났는데 요즘에는 오전에 잠깐 외출하면 오후에 30분이라도 누워 있어야 한다.

어릴 땐 아무렇게나 막 찍어도 괜찮더니 언제부턴가 핸드폰 카메

라에 특수 애플리케이션을 쓰지 않은 사진은 봐주기 힘들다. 애플리케이션을 사용하면 실제보다 얼굴을 환하게, 피부를 깨끗하게 만들어준다. 눈은 더 크게, 얼굴은 갸름하게 해준다. 화장시켜 주는 애플리케이션도 있다. 애플리케이션을 사용하여 찍은 사진을 보면 분명 나지만 나보다 예쁘다. 실제 나보다 예쁘게 만들어주는 애플리케이션까지 써가며 사진 찍는 건 이유가 있다. 지나고 보니 남는 건 사진뿐이기 때문이다.

오늘이 가장 젊고 예쁠 때라 주문 걸며 사진을 찍어 기록으로 남긴다. 머릿속 기억은 시간이 지나면 잊히고 흐릿해지지만 사진은 그렇지 않다. 환하게 웃고 있는 과거의 사진을 보며 추억하는 게 좋다.

멋지고 예쁜 옷을 입는 게 나만의 스트레스 해소법이다. 예쁘게 차려 입고 나가 좋아하는 사람을 만나 즐거운 순간을 꼭 사진으로 남긴다. 짧은 시간이긴 해도 삶의 활력소가 되는 시간이다. 함께 사진 찍자 하면 호응해 주는 친구도, 피하는 친구도 있다. 사진을 피하는 친구는 늙었다며, 실물보다 안 나온다고 싫어한다.

자주 만나는 친한 언니가 있다. 헤어지기 전에 나는 늘 사진을 권한다.

"언니, 사진 찍자."

"아우. 너무 늙었어. 안 찍을래."

내가 보기엔 여전히 예쁜 언니인데 늙었다며 속상해한다.

"나이 들면서 눈이 움푹 들어갔어."

내가 볼 땐 눈이 움푹 들어가 이국적이고 매력 넘친다.

"나이 먹으면서 살쪘어."

그렇지 않다. 객관적으로 보아도 언니는 진짜 날씬하고 예쁘다!

"언니는 세젤예!"

내가 늘 언니에게 하는 말이다. 세젤예, '세상에서 젤(제일) 예쁜'의 줄임말이다. 언니는 젊어서도 예뻤고 40대가 된 지금도 세상에서 제일 예쁘다.

임신하고 막달이 되었을 때 아이를 기다리는 설렘이 컸다. 하지만 터질 것 같이 불러버린 배와 아이 무게이겠거니 합리화하며 늘어버린 몸무게도 걱정되었다.

'출산 후에 몸이 돌아오지 않으면 어쩌지. 아이 낳고 나면 머리카락도 엄청 빠진다는데 탈모가 심하면 어쩌지. 피부 탄력이 많이 떨어진다는데 확 늙어버리면 어쩌지.'

첫 아이 낳은 때가 내 나이 28세. 여전히 20대였는데 임신과 출산의 과정을 겪으며 외적인 모습이 변할까 겁났다.

아이를 낳고 나면 바로 임신 전 몸무게를 되찾을 줄 알았지만 그렇지 않았다. 샤워하고 거울을 봤는데 엉덩이가 축 처져 땅에 닿을 지경이었다. 충격이었다. 우울한 마음이 들었다.

'이대로 두면 안 되겠다. 몸도 마음도.'

여러 가지 운동을 검색해 보았다. 어떤 운동이 나와 가장 잘 맞을지 고민했다. 고민 끝에 필라테스로 결정했다. 마음먹자마자 바로 가서 등록했다.

"날씬하신 편인데 어떤 부분을 중점적으로 운동하고 싶으세요?"

"제 기준으로는 날씬한 편도 아니고, 전체적으로 탄력이 많이 떨어져서 고민이에요."

남들이 보기에는 날씬한데 뭘 그러냐 했지만, 나 자신의 만족이 무엇보다 중요하다 생각했다. 아주 잘난 외모는 아니어도 자기만족이 되어야 자존감도 떨어지지 않을 것이라 생각했다. 자존감이 높아야 좋은 엄마가 되지 않을까 싶었다. 그래야 아이도 더 사랑해주고 자존감 높은 아이로 키울 수 있을 거라 생각했다. 당시 시작했던 필라테스를 쉬지 않고 5년 넘게 했다. 그때 얻은 강한 체력으로 두 사내아이를 독박육아하며 크게 앓은 적 한번 없다. 축 처졌던 엉덩이가 자존감과 함께 봉긋 솟아올랐다. 처녀 적보다 더 탄력 넘치는 몸을 갖게 되었다. 엄마가 되었다고, 아줌마가 되었다고 게을러지지 않았다. 더 열심히 꾸미고 예쁜 옷을 찾아 입었다. 머리가 빠져 숱이 적어졌다. 넓은 이마가 더 넓어 보여 앞머리를 내리니 가려졌다. 생각보다 앞머리가 잘 어울렸다.

'오늘이 내가 가장 예쁘고 젊은 날이야.'

매일 아침 거울을 보며 마음속으로 주문을 걸었다.

임신해서 배가 부르고, 살이 잔뜩 텄지만 괜찮았다. 영광의 상처

191

라 생각했다. 탄력 잃은 몸도 극복하기 나름이었다.

영원히 주름 하나 없을 것 같던 얼굴에 하나둘 주름살이 늘어도 괜찮다. 나이에 맞게 자연스러워 보여 더 좋다. 부자연스럽게 젊어 보이려는 사람보다 자연스럽게 나이 들어가는 사람이 더 아름다워 보인다.

흰머리가 생기면 염색하면 된다. 더 나이 들어 할머니가 되면 흰 머리도 중후한 멋을 내줄 것 같다.

나이 드는 게 마냥 좋을 수는 없다. 지금 내 모습에 100퍼센트 만족하는 것도 아니다. 그래도 오늘이 내일보다 젊고 예쁘기에, 오늘의 나를 사랑해주고 싶다. 🐾

엄마

엄마를 떠올리면 그저
나를 안아주고 사랑해준 기억뿐.
나도 아이들에게
그런 엄마일까?

엄마가 된 지금, 두 아이는 나에게 절대적인 존재다. 결혼 전까지
는 엄마가 나에게 절대적인 존재였다. 엄마가 세상에서 제일 좋았
다. 나 자신보다 엄마를 더 생각했다. 엄마가 아플 때면 엄마 대신
내가 아프게 해 달라 기도했다. 엄마가 시장에 갈 때면 몸이 힘든 날
에도 따라 나섰다. 꼬마 주제에 엄마 호위무사라도 된 듯했다. 시장
에 같이 가지 못할 때는 대문 앞에서 엄마가 올 때까지 기다렸다. 귀
찮아도 매일 설거지를 했다. 피부가 약해 다 갈라지고 튼 엄마 손을
조금이라도 아껴주고 싶었다. 엄마가 속상해 울면 세상이 무너지는
기분이었고, 엄마가 웃으면 안심됐다.

학창 시절에는 엄마를 기쁘게 하려고 열심히 공부했다. 엄마 말을 거역하면 큰일 나는 줄 알았다. 대학 전공도 엄마가 추천한 걸로 선택했다. 성인이 된 후에도 엄마 말을 잘 들었다. 단발보다 긴 머리가 예쁘다고 해서 긴 머리를 고수했다. 어릴 때부터 속상한 일이 있어도 엄마 마음 아플까 봐 말하지 않고 혼자 고민했다.

타인에게 쓴소리하는 걸 힘들어하는 성격인데 엄마를 위해서라면 당돌함이 생기곤 했다. 13살 때였다. 엄마 친구한테 전화가 왔다. 할머니가 전화를 받고 바꿔줬는데 친구 말투가 공손하지 못했다고 엄마를 비난했다. 아무 말 못하고 있는 엄마 얼굴을 보았다. 울상이었다. 시집살이로 고생하는 엄마를 보며 예민했던 나는 바로 할머니한테 소리쳤다.

"엄마 친구 말투가 잘못된 거잖아. 엄마가 잘못한 게 아닌데 왜 엄마를 비난해!"

할머니한테 반항하는 투로 말한 건 처음이었다. 화가 난 할머니가 방으로 들어가 버렸다. 엄마가 할머니께 죄송하다 말씀드리라고 했다.

"틀린 말 한 거 아니잖아."

"그래도 어른한테 그러는 거 아니야. 할머니 속상해하시니까 빨리 가서 죄송하다고 해."

엄마 말을 듣고 보니 내가 잘못한 것 같았다. 바로 방에 들어가서 할머니께 용서를 구했다.

"우리 수정이가 최고야."

엄마가 나에게 자주 해주던 말이다. 별거 안 했는데도 엄마는 늘 내가 최고라며 칭찬해줬다.

엄마가 속상해 보여 괜찮으냐고 물으면 "수정이 덕분에 괜찮아. 고마워."라고 했다. 그저 괜찮은지 물었는데 내 덕분에 괜찮다고 고맙다 했다.

중 2때까지 엄마랑 같이 잤다. 덩치가 엄마만큼 커져 비좁아도 엄마 아빠 사이에서 잤다. 귀찮았을 법도 한데 엄마는 한 번도 내색하지 않았다. 매일 따뜻한 엄마 품에 쏙 안겨 잤다.

기대보다 결과가 좋지 않았던 중학교 첫 시험 성적표를 보여줬던 날, 혼날 거라고 예상했지만 "고생했어. 조금만 더 노력하면 기말고사는 더 좋은 결과 있을 거라고 믿어."라고 응원해줬다.

나라면 아이가 기대에 못 미쳤을 때 잔소리 없이 믿는다고 말해줄 수 있을까.

엄마는 나에 대해 욕심내지 않았다. 조급해하지 않았다. 그저 믿어줬다. 부정적인 말보다는 긍정적인 말을 해줬다. 항상 안아주고 손잡아줬다. 고맙다는 말을 많이 했다.

부잣집 막내딸로 패션 감각이 남달랐던 엄마는 여유가 없는 집으로 시집 오고 나서 패션에 대한 욕구를 놓았다. 화장품 살 돈이 없어서 샘플 받은 걸 모아 쓰곤 했다. 그런 와중에 삼남매는 부족함 느끼지 않게 키웠다. 서울대 미대를 졸업한 능력 있는 사람이었지만 본인의 삶보다 엄마로서의 삶에 충실했다. 자신이 하고 싶은 건 다 포기하고 자식을 위해 헌신했다.

"내가 너를 어떻게 키웠는데. 나 하고 싶은 거 다 포기하고 너를 위해 살았는데."

본인 신세 한탄하는 흔한 레퍼토리의 말 한 번 내뱉은 적이 없다.

사람이기에 살면서 엄마가 짜증냈던 적도 분명 있다. 내가 잘못했을 때는 화내기도 했다. 상처 주는 말을 한 적도 있다. 잔소리도 꽤 했다. 하지만 엄마를 떠올리면 그저 나를 사랑해준 기억뿐이다. 내가 친구들보다 유독 엄마에 대한 마음이 큰 것도 엄마가 준 사랑이 컸기 때문이다. 엄마의 커다란 사랑이 내 마음 깊이 자리 잡아 그런 게 아닐까. 사랑받아 본 사람이 줄 줄도 안다고 했던가. 엄마로부터 사랑받아 충만한 마음을 그대로 엄마에게 쏟았던 것 같다.

엄마가 되고 나서부터는 사랑을 두 아이에게 쏟았다. 나 자신보다 아이가 소중했다. 아이를 안으면 마음이 따뜻해졌다. 보고 있어도 보고 싶은 마음이었다. 온통 아이에 대한 생각뿐이었다.

큰아이가 7살 때 독박육아에 지쳐 별일도 아닌 걸로 짜증냈던 적이 있다.

"건이야, 미안해. 엄마가 잘못했어. 엄마가 몸이 힘들어서 짜증내 버렸네."

미안한 마음에 사과했다. 그때 큰아이가 말했다.

"엄마, 난 괜찮아. 엄마가 혼내도 난 마음 아프지 않아. 엄마 말에는 독이 없거든.”

얼마나 고맙고 감동받았는지 모른다. 내가 온 마음 다해 사랑을 쏟고 있다는 걸 아이도 느끼고 있구나 싶었다. 아이가 어릴 적 나와 같은 마음으로 엄마인 나를 사랑해주고 있다는 게 느껴졌다.

얼마 전 작은아이가 〈엄마〉라는 이 시를 보고 나에게 물었다.

“내가 엄마를 생각하면 그냥 사랑을 많이 준 기억뿐이야. 나도 엄마에게 그런 존재야?”

그냥 사랑을 많이 준 기억뿐이라니. 열심히 사랑 주고 있는 걸 알아주니 고마웠다. 부족한 게 많은 엄마인데. 짜증 낼 때도, 상처 줄 때도 많은데 사랑을 많이 준 기억뿐이라니. 얼마나 고마운 일인가.

아이가 크면서 화낼 일이 많아졌다. 혼낼 일도 많아졌다. 감정적으로 싸울 때도 종종 있다. 그러다 보니 사랑한다고 표현하는 게 어색하게 느껴지기도 한다. 가끔 큰아이가 와서 와락 안길 때 순간 어색하게 느껴져 다 큰 녀석이 왜 이러냐며 엉덩이를 툭 때릴 때가 있다. 어릴 때는 수시로 뽀뽀해주고 안아주고 사랑한다 말해줬는데 말이다.

커가면서 엄마를 떠올리면 혼난 기억, 상처받은 기억뿐일까 봐 걱정이다. 아이를 향한 조급증이나 불안증은 버리고 믿고 기다려 줘야겠다. 부정의 언어보다는 긍정의 언어를 사용할 것이다. 두 아이가 어릴 때만큼 많이 안아주고 뽀뽀해줘야겠다. 거부당할지라도 말이다. 언제나 너희 덕분에 엄마는 괜찮다고, 고맙다고 말해줘야겠

다. 우리 건이, 준이가 최고라고 말해줘야겠다. 마음속에 꽉꽉 들어
찬, 아이를 향한 사랑을 숨기지 않고 티 내야겠다.

우리 엄마를 떠올리면 나를 그저 사랑해준 기억뿐이다. 두 아이도
내 나이 되어 엄마를 떠올렸을 때 사랑해준 기억뿐이면 좋겠다. 그
런 엄마이고 싶다.

카네이션

겹겹이 쌓인 붉은 꽃잎이

날 때부터 내 마음에

겹겹이 쌓인

부모의 사랑인 것 같다.

붉은 카네이션의 꽃말은 '당신의 사랑을 믿습니다' 또는 '건강을 비는 사랑'이라고 한다. 그래서 부모님에 대한 사랑과 존경의 의미로 붉은 카네이션을 가슴에 달아드린다고 한다.

매년 어버이날, 다른 건 못해도 카네이션을 꼭 선물해 드린다. 선물하는 마음은 진심이지만, 꽃말도 모르고 형식적으로 드렸다. '어버이날 = 카네이션' 이런 생각으로 말이다.

작년 어버이날 전날, 양가 부모님께 드릴 카네이션 바구니를 준비해 창가에 나란히 놓았다.

꽃이라는 게 워낙 예쁘고 매력 있어 나를 홀린다. 모습에, 향기에 홀려 가만히 바라봤다.

겹겹이 쌓인 붉은 꽃잎이 날 때부터 내 마음에 겹겹이 쌓인 사랑인 것 같다는 생각이 들었다.

인연으로 뱃속에 자리 잡도록 해준 사랑 한 겹.

열 달 동안 뱃속에서 품은 사랑 한 겹.

지긋지긋한 입덧 이겨낸 사랑 한 겹.

만삭 배 무거워져 숨쉬기 힘들고 온몸 퉁퉁 부어도 나 만날 생각에 설레어 한 그 사랑 한 겹.

겪어 봐야 아는 고통, 출산의 과정을 이겨낸 사랑 한 겹.

부모로서의 낯선 부담감을 이겨낸 사랑 한 겹.

밤잠 못 자가며 수유하고 분유 탄 사랑 한 겹.

회사에서 힘들어도 쑥쑥 자라는 내 생각하며 버틴 사랑 한 겹.

옹알옹알 외계어 남발해도 다 알아들은 사랑 한 겹.

처음 두 발로 걷기 시작하는 순간을 기다려주고 박수쳐 준 사랑 한 겹.

열이 나 끙끙 앓는 모습 보며 밤새 물수건 적셔 준 사랑 한 겹.

아플 때마다 대신 아프고 싶다 생각한 그 사랑 한 겹.

품에 파고들면 언제나 따뜻하게 안아준 사랑 한 겹.

먹고 싶은 음식 양보한 사랑 한 겹.

시장 갈 때 따라나서면 늘 웃으며 손잡아 준 사랑 한 겹.

안마해 주면 시원하다고 엄지손가락 올려준 사랑 한 겹.

일하느라 바쁜데 수시로 전화해도 친절하게 받아준 사랑 한 겹.

하고 싶고 것, 사고 싶은 것 양보해 공부 시켜준 사랑 한 겹.

반항하고 짜증내 미워도 품어준 사랑 한 겹.

내 표정 하나에 울고 웃은 사랑 한 겹.

사소한 말 한마디 놓치지 않은 사랑 한 겹.

혼내 놓고 마음 아파 후회하며 눈물 흘린 사랑 한 겹.

엄마 키 넘었다고 박수치며 좋아한 사랑 한 겹.

고3 시절 매일같이 새벽 네 시에 깨워준 사랑 한 겹.

대학 합격했을 때 누구보다 기뻐한 사랑 한 겹.

사랑하는 사람과 이별했을 때 함께 마음 아파 해준 사랑 한 겹.

어떤 일로 힘들었다고 이야기하면 원래 인생이 그런 거라며 위로해 준 사랑 한 겹.

함께 술 한 잔 기울이며 격세지감 뭉클해한 사랑 한 겹.

첫 월급 타 선물했을 때 뿌듯해 한 사랑 한 겹.

좋은 사람 만나 결혼 날짜 잡았을 때 울컥한 사랑 한 겹.

결혼식장 "부모님께 인사." 그 순간 눈물 흘린 사랑 한 겹.

손주 뱃속에 품고 있는 동안 함께 운동해 준 사랑 한 겹.

진통할 때 옆에서 어쩔 줄 몰라 하며 손잡아 준 사랑 한 겹.

손주 물고 빨고 한 사랑 한 겹.

아이 생각해 직장 그만둔다 하니 네 인생도 중요하다며 반대한 사랑 한 겹.

그럼에도 사직서 내니 응원해준 사랑 한 겹.

남편과 싸워 하소연할 때마다 남편 감싸준 사랑 한 겹.

손주가 속 썩이면 내 편들어 준 사랑 한 겹.

틈날 때 자연 좋아하는 손주 데리고 산에 가는 사랑 한 겹.

좋아하는 과자 매일같이 사서 모아뒀다 가져다주는 사랑 한 겹.

내 나이 불혹이 되었어도 건강하게 언제나 내 곁에 있어주는 사랑
한 겹.

머리가 하얗게 물들고 얼굴에 주름져 버린 세월, 그 사랑 한 겹.

죽는 날까지 내 걱정할 그 사랑 한 겹.

그렇게 겹겹이 쌓인 붉은 잎이 추억이 되었다.

겹겹이 쌓인 분홍빛 잎이 사랑이 되었다.

겹겹이 쌓인 초록 나뭇잎이 겹겹이 쌓인 행복이 되었다.

부모님 감사합니다. 사랑합니다.

네 생각

요즘 나는 그래.

머릿속에 온통 네 생각뿐이라

좋기도 하고 나쁘기도 해.

네 생각만 하느라

다른 생각 들지 않아 좋고

네 생각만 하느라

다른 생각하지 못해 나빠.

남편과 주고받았던 연애편지가 아니다. 아이를 생각하며 쓴 글도
아니다.

아이돌같이 자신이 좋아하는 분야에 심취하여 관련된 것들을 모
으거나 파고드는 행위를 '덕질'이라 한다. 갑자기 훅 하고 들어오는
교통사고처럼 어떠한 이유로 인해 팬이 되는 것을 '덕통사고'라 한다.

덕통사고 당해 김우석을 덕질하는 동안 내 마음을 적은 글이다.

TV 채널을 돌리다 우연히 〈프로듀스 X〉라는 오디션 프로그램을
봤다. 아이돌을 꿈꾸는 101명의 연습생이 나와 경쟁하여 최종 데뷔

멤버 11명을 뽑는 프로그램이었다.

한 아이가 레드 슈트를 입고 나와 EXO의 'Love Shot'을 부르며 춤췄다. '덕통사고'의 순간이었다.

무대가 끝날 때까지 눈을 뗄 수 없었다. 뭐에 홀렸다면 이런 느낌일까 싶었다. 창백하게 보일 정도로 흰 피부에 빨간 입술, 크고 까만 눈동자가 시선을 끌었다.

잘생긴 얼굴, 날씬한 몸매, 깔끔한 춤선, 카리스마 있는 눈빛, 수줍은 미소. 뭐 하나 매력적이지 않은 점이 없었다.

인터넷에 김우석을 검색했다. '업텐션'이라는 그룹으로 데뷔한 적이 있는 24세 연습생이었다.

과거 말도 안 되는 루머에 시달려 상처받고 공백기를 가졌다. 일본에서 만난 팬이 알아보고 기다린다고 한 말에 복귀를 결심했다. 그룹에 복귀해 활동하다 용기 내어 이 프로그램에 도전했다.

잘생긴 외모에 실력도 뛰어나 1위를 다투는 연습생이었다. 차가워 보이는 외모와 달리 시집 읽기가 취미이고 글도 제법 잘 쓰는 감수성 풍부한 아이었다. 시청률 올리기 위한 악마의 편집에도 휘둘리지 않고 최선을 다하는 모습에 나도 진심으로 그를 응원했다.

두 번째 평가인 포지션 평가에서 '나의 사춘기에게'라는 노래를 했다.

나는 한때 내가 이 세상에 사라지길 바랬어

온 세상이 너무나 캄캄해 매일 밤을 울던 날

차라리 내가 사라지면 마음이 편할까

모두가 날 바라보는 시선이 너무나 두려워

가사 자체가 슬픈 노래였다. 노래에 심취해서였을까. 노래하는 내 내 눈물이 그렁그렁 곧 떨어질 것 같았다. 목소리와 표정에 슬픔이 전달되는 기분이었다. 무대가 끝나고 소감을 말할 때 눈물이 터져 버렸다.

"사춘기라는 게 나이를 말하는 것이 아니라 인생에서 가장 힘들 었던 때를 생각하면서 불러보려고 했습니다. 다시는 빛을 못 볼 거 라고 생각했는데. 앞으로 남을 수없이 많은 발자국들에 자취를 같 이 남겨주셨으면 좋겠습니다."

사실이 아닌 일로 마녀사냥 당했던 그 시절을 사춘기라 생각하며 노래했기에 눈물이 났나 보다. 그 아픔에 감정 이입되어 나도 마음 이 아팠다.

프로그램이 방영되는 몇 달 동안 열렬히 그에게 빠져있었다. 매주 그를 위한 투표를 했고 틈만 나면 영상을 찾아보고 울고 웃었다.

나의 일상은 꾸역꾸역 버티듯 보내고 김우석에 빠져 지냈다. 마지 막 생방송 날에는 그를 응원하고자 인천까지 달려갔다. 이렇게 누 군가에, 무언가에 빠져 지낸 건 처음이었다. 머릿속이 온통 김우석 생각뿐이었다. 어떻게든 데뷔시켜서 그간의 고생을 다 날려버리고 성공하기를 바랐다.

그의 팬은 대부분 그의 인생을 응원한다 말한다. 나도 그런 마음이었다. 팬이면서도 엄마 같은 마음이었다고 할까. 본인의 잘못이 아닌 일로 벌어지는 상황에 흔들리거나 포기하지 않는 모습이 대견했다. 매 순간 최선을 다하는 성실함이 신통했다. 그래서 꼭 가수로서의 그의 인생이 고생 끝 해피엔딩이기를 응원하게 되었다.

남편과 두 아이도 나의 '덕질'을 응원했다. 파이널 생방송이 12시 넘어 끝났는데 인천까지 나를 태우러 온 세 남자였다.

뭔가에 열심인 내 모습을 좋아하고 뭘 하든 지지해 주었던 남편은 부인의 '덕질'마저도 응원해주었다.

"오빠, 나 이제 덕질 그만둘까?"

"아니, 계속해. 무언가에 몰두하는 게 좋아 보여."

스스로 한심하다 느껴져 그만둘까 남편에게 물었다. 남편은 무언가에 열심인 모습이 보기 좋다며 엄지를 치켜세웠다.

두 아이는 엄마가 자기들에게 덜 신경 쓴다며 좋아했다. 온통 김우석 생각뿐이라 잔소리가 줄었다며 좋아했다.

"엄마가 김우석 덕질하면서부터 잔소리가 줄었어. 그래서 좋아."

나도 김우석에 빠져 지내며 불필요하게 아이 걱정, 남편 걱정하지 않아 좋았다.

김우석 생각하느라 가끔 아이 학원 시간을 착각하기도 했다. 남편이 퇴근해 온 줄도 모르고 영상 본 적도 있다.

머릿속에 온통 김우석 생각뿐이라 좋기도 하고 나쁘기도 했다. 다른 생각이 들지 않아 좋고 다른 생각을 하지 못해 나빴다.

결국 그는 데뷔에 성공해 '엑스원'이라는 그룹으로 인기를 얻었다.

지금은 '덕질'을 멈췄냐고? 아니다. 여전히 나는 김우석의 팬으로서 그의 인생을 응원하고 있다.

본인 의지와 상관없이 일어나는 일 앞에 의연하게 버티는 그의 모습이 위로가 된다.

나도 내 의지와 상관없이 일어나버린 역경 속에서 쓰러지지 않고 버틸 수 있는 힘이 생긴다.

그가 언젠가 말했듯 우리의 이야기는 해피엔딩일 거라 믿는다.

앞으로 그의 인생도, 나의 인생도 꽃길이기를 바란다.

공 감

아이가 어릴 때 몸은 힘들었지만 아이 문제로 크게 고민할 일은 없었다. 하지만 초등학교에 입학하고 나니 개성 강한 두 아이 때문에 걱정할 일도 고민거리도 많아졌다. 다양한 아이들과 섞여 상처 받는 일도 있었고 상처 주는 일도 있었다. 아이의 개성을 장점으로 봐주는 담임선생님을 만난 해에는 그래도 괜찮았다. 아이의 개성을 힘들어한 담임선생님을 만난 해에는 나의 걱정과 고민도 컸다. 그 당시에도 남편은 일주일에 하루 겨우 얼굴 볼까 말까 할 정도로 바빴다. 아이 때문에 속상했던 일이나 걱정거리를 남편에게 잘 말하지 않았다. 가뜩이나 힘들고 바쁜 사람을 아이들 일로 신경 쓰게 하고 싶지 않았기 때문이다.

어쩌다 한번 아이로 인한 고민, 속상했던 일을 이야기했을 때, 남편은 별말 없이 가만히 듣고만 있었다. 그런 남편에게 화가 났다. 서운하기도 했다.

'애는 나 혼자 키우나.'

"나는 한참 고민하다 말한 건데 왜 아무 말이 없어?"

"내가 어떻게 해결해 줄 수 있는 게 없어서 그냥 가만히 있었어."

당장 어떤 해결책을 제시해 달라고 말한 건 아니었다.

"네가 고생이 많네. 걱정되는 네 마음 이해해."

이 한마디면 괜찮을 것 같았다. 그저 걱정되는 마음, 고민을 공감받고 싶었던 것 같다.

무슨 일 있을 때 엄마한테 전화해 하소연할 때가 많았다. 아이 걱정, 남편 걱정이 대부분이었다. 엄마는 하소연을 들으면 잔소리했다.

"그러니까 엄마가 그러지 말라고 했잖아."

"네가 이해해야지. 네가 참아."

지나고 나서 생각해 보면 다 맞는 말이었다. 하지만 그 순간에는 울컥했다.

'조언을 구하려고, 잔소리 들으려고 말한 게 아닌데. 그저 위로받고 싶었던 건데.'

몇 개월 전, 일 때문에 스트레스가 많아 예민해진 남편 때문에 속상했다. 별거 아닌 일에 짜증냈다. 어떤 부탁을 하거나 의견을 내면 한 번에 알겠다고 한 적이 없었다. 이상한 고집을 부렸다. 원래 그런 성격이 아닌 사람인데 말이다.

'오죽 힘들면 이럴까. 내가 제일 편한 존재니까 나한테 투정부리

가슴이 꽉 막힌 채

숨 쉬는 것조차 답답하더니

"네 마음 알아, 이해해."

말 한마디에 눈물이 왈칵.

쏟아지는 눈물이

꽁꽁 얼어

꽉 막혀 있던

마음을 녹여주었다.

는 거겠지.'

가슴이 꽉 막혀 답답했다.

"휴우."

한숨이 자꾸 나왔다.

지금껏 함께 부부로 살면서 남편의 사랑과 배려를 많이 받았으니 이제는 내가 그 사랑을 갚을 때라 생각했다. 힘든 남편의 마음 알아주고 배려해줘야지 다짐했다. 내가 잘하면 된다고 생각했다. 사랑하는 사람을 위해 이야기 들어주고 마음 헤아려 주겠다고 마음먹었다. 완벽한 아내는 아니었지만 노력했다. 그래도 가끔은 지쳤다.

마침 연락 온 친구에게 하소연했다.

"내가 이해해주고 내가 잘하면 돼. 자식이고 남편이고 내가 노력해서 잘해주면 돼. 그런데 힘든 내 마음은 어떻게 해?"

"수정아, 네 마음 어떤 건지 잘 알아. 이해해."

가만히 이야기를 다 듣고 난 친구가 한마디 했다. 내 마음을 이해한다고 했다. 왈칵 눈물이 났다. 꽁꽁 얼어붙어 답답했던 마음이 사르르 녹아 내렸다. 공감 한마디에 마음이 따뜻해졌다. 그 상황에 대한 어떤 조언을 해 준 것도 아니고 해결책을 제시해 준 것도 아니었다. 공감 한마디, 그거면 되었다.

아이가 학원 가기 힘들다 투정 부릴 때 나름 고민해서 격려해줬다.

"너만 힘든 거 아니야. 누구나 다 이런 과정을 거치는 거야. 열심히 하면 좋은 결과 있을 거야."

그러면 아이는 발끈해서 꼭 말대답을 했다.

"엄마는 내 나이 때 이런 거 했어? 안 했잖아."

반대로 공감해주면 반응이 달랐다.

"많이 힘들지. 가기 싫은 네 마음 이해해. 얼마나 힘들겠어. 그래도 참고 열심히 해줘서 고마워. 대견하다."

힘들다는 아이 마음에 공감해주면 바로 기분이 풀려 씩씩하게 등원하곤 했다.

속상하고 마음이 힘들어 누군가에게 털어놓았을 때 공감을 표현해주면 기분이 좋아진다. 큰 위로가 된다. 하지만 털어놓은 마음을 이해받지 못하면 속상하고 화난다. 좌절감마저 들기도 한다.

공감이란 대상을 알고 이해하거나 대상이 느끼는 상황 또는 기분을 비슷하게 경험하는 심적 현상이라고 한다. 다른 사람의 마음을 이해하고 그의 기분, 상황을 비슷하게 경험한다는 건 대단한 노력에 의한 결과가 아닐까 싶다. 사소한 것 같지만 결코 쉽지 않은 공감의 한마디가 주는 위로의 힘은 크다. 많은 사람이 서로 공감해주고 공감 받는 하루하루가 되기를 바라본다.

베프

기쁜 일에 진심으로
기뻐해 주는
친구가 한 명이라도 있으면
성공한 인생이라던데,
그러면 난 성공한 인생이야.
네가 있으니까.

네이버 어학 사전에 따르면 베프란 '베스트 프렌드(best friend)'를 줄여 이르는 말로, 서로 뜻이 잘 맞으며 매우 친한 친구를 이르는 것이지만 난 베프를 조금 다르게 정의하고 싶다. 나의 기쁜 일에 진심으로 함께 기뻐해 주는 친구로.

말이 잘 통하고 마음을 나누는 친구, 슬플 때 위로해 주는 친구를 만나는 것은 쉬운 일이 아니다. 내가 잘됐을 때 조금의 질투나 악한 마음 없이 진심으로 축하해 주고 기뻐해 주는 친구는 더욱 만나기 힘들다. 나만 해도 주변에 누가 잘됐을 때 내 일처럼 기쁜 마음이 드는 건 베프의 경우에만 그렇다. 친구라는 이름으로 불리지만 좋은 일에 살짝 질투심이 들 때가 있다. 사촌이 땅을 사면 배가 아프다는 말이 있듯, 그게 당연한 사람 심리니까.

영국의 철학자 피터 케이브는 《사촌이 땅을 사면 배가 아픈 철학적 이유》라는 책에서 이 심리에 대해 말했다. '샤덴프로이데', 독일어로 남의 불행을 보고 고소하다고 느끼는 심술궂은 마음이라는 뜻이다. 피터 케이브는 샤덴프로이데가 인간적 감정의 발로이며 이것으로 인생을 살아간다고 했다. 불확실한 인생 앞에서 나뿐 아니라 남에게도 예기치 못한 나쁜 일이 생기는 게 모두가 평등하다 느껴 안심하는 것이라고 했다. 그만큼 남의 좋은 일에 진심으로 좋아해 주기 어렵다는 것이다. 맞는 말인 것 같다.

오래된 친구가 한 명 있다. 중 2때부터 친구였으니까 25년째 이어져 온 우정이다. 한때는 예쁘고 키 크고 공부까지 잘하는 이 친구를 질투했던 적도 있지만 어른이 되고 세월이 흐르며 우정의 깊이도 깊어졌다. 시간이 지날수록 서로 더 배려했다. 서로 더 마음 깊이 공감하게 되었다. 슬플 때나 기쁠 때 함께했다. 힘들 때나 즐거울 때나 함께했다.

중2 기말고사 기간이었다. 나름 열심히 준비했다고 생각했는데 막상 시험 전날이 되니 불안했다. 불안한 마음에 책을 더 열심히 들여다봤지만 집중이 잘 되지 않았다. 안절부절못하는 어느 새 해 가지고 밤이 되었다. 친구에게 전화했다.

"공부 많이 했어? 벌써 밤인데 아직도 할 게 태산이야."

"안 그래도 나도 걱정되고 답답한 게 공부가 잘 안 되서 우리 집 강아지 안고 울고 있었어."

"열심히 해!"

"응, 너도."

짧은 통화였지만 서로 마음을 털어놓고 웃었다. 시험을 앞두고 나만 불안한 게 아니었구나, 안심되었다. 마음을 다잡고 남은 시간 집중해서 열심히 시험공부했다. 힘들고 불안한 마음 함께하니 힘이 되었다.

각자 남자친구와 이별했을 때는 서로 더 자주 연락하고 만났다. 이별의 아픔을 가족에게 털어놓기는 힘들었지만 친구한테는 하나부터 열까지 다 털어놓았다. 그러다 보면 마음의 빈자리가 채워지고 자연스레 실연의 상처가 회복되곤 했다.

재작년, 아이들 키우며 유난히 힘들었을 때였다. 스트레스 때문이었는지 피부가 뒤집혀 아무도 만나지 않고 거의 칩거하던 때에도 그 친구는 만났다.

다른 사람들은 뒤집힌 내 얼굴 보면 놀라서 묻곤 했다.

"너 얼굴 왜 그래?"

"얼굴이 그게 뭐니?"

걱정스러운 마음에 물었겠지만, 그런 반응이 너무 괴로웠다.

친구는 내 마음을 알았는지 속으로는 놀랐을지도 모르겠지만 놀란 티를 내지 않았다. 오히려 괜찮다고 말해줬다.

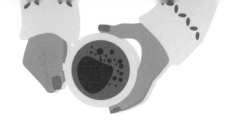

"네가 말했던 거보다 심하지 않아. 괜찮아."

배려해준 친구가 고마웠다.

오랜만에 만나 이런저런 회포를 풀던 와중 친구가 말했다.

"나 청약 당첨됐어."

복권 당첨 확률보다 더 어렵다는 개포동 주택청약에 당첨되었다는 친구의 말에 1초의 망설임도 없이 축하의 말이 나왔다.

"축하해! 너무 잘됐다!"

진심이었다. 내가 당첨된 것처럼 기뻤다.

스스로는 자존감이 바닥인 상태였고, 만사에 부정적일 때였다. 매사에 불평하고 투덜댔다. 쌍둥이 언니는 그런 나를 보고 투덜이 스머프 같다고 했다. 그 와중에 친구의 희소식 앞에서 진심으로 축하가 나왔다. 조금의 질투나 부러움 없이 순수한 마음이었다.

그 친구도 늘 그랬다. 나의 기쁜 일에 함께 기뻐해 주고 축하해 줬다. 힘들 때 위로해 준 건 물론이다. 실력만큼 나오지 않은 결과에 본인은 재수하기로 결정했어도 나의 대학 합격을 축하해 줬다. 재수하면서도 나와 자주 만나고 변함없이 밝게 웃어줬다. 같은 상황이었던 다른 친구는 연락두절이 되었는데 말이다.

대학 졸업 후 취직했을 때 친구는 대학원에 재학 중이었다. 사람마다 각자 가는 인생의 속도나 시기가 다르지만 먼저 취직한 나를 질투하지 않았다. 나의 취업 소식에 축하해 주었다.

나는 친구들 중 거의 처음으로 결혼했다. 그때 비아냥거린 친구도 있었다.

"의사랑 결혼한다며? 조건만 보고 하는 거 아니야?"

기분이 상하고 상처받았지만 크게 신경 쓰지 않았다. 인생의 반려자를 만나 결혼하게 되었다고 축하해 준 친구가 있었기에 괜찮았다. 많이 좋아했던 남자친구와의 이별로 힘들어하던 와중에도 진심으로 축하해 줬다.

"기쁜 일에 진심으로 기뻐해 주는 친구가 한 명이라도 있으면 성공한 인생이다."

그 말을 듣는 순간 난 이 친구가 떠올랐다.

기쁠 때나 슬플 때나 진심으로 함께해준 이 친구 덕분에 난 성공한 인생이구나. 늘 진심으로 기뻐해 주고 축하해 준 내 베프 덕분에 성공한 인생을 살고 있구나.

고마웠다.

"나도 너에게 그런 친구인 거지?"

단단한 마음

마음에 상처가
됐을 법도 한데
속상했냐고 물으니
괜찮다 한다.
나보다 한참 어린 너지만,
나보다 참 마음이
단단한 너구나.

작은아이는 사교성이 좋은 편이 아니다. 소심하고 소극적이거나 조용한 것은 아니다. 말도 잘하고 적극적이지만 말할 때 사용하는 어휘가 또래 아이들에 비해 남다르다. 깊이 대화해보면 생각의 깊이가 어른인 나보다도 깊다. 좋게 생각하면 특별한 아이지만 또래 친구들이 보기엔 특이할지도 모르겠다. 친구가 있긴 하지만 깊이 마음을 나누고 서로 의지하는 친구는 없다.

아이는 학교에서 반 친구들이 하는 놀이에 크게 관심이 없다. 그래서 쉬는 시간에 주로 혼자 앉아 책을 보거나 도서관에 간다고 했다. 가끔은 소외감을 느끼기도 하지만 괜찮다고 했다. 학교 가서 친구들과 어울려 놀기보다 혼자 보내는 시간이 많다니 엄마로서 마음이 아프기도 했다. 걱정되기도 했지만 괜찮다 말해줬다.

"엄마도 중학교 2학년 되어서야 마음 통하는 친구를 만났어. 너도 마음 편하게 하고 싶은대로 해."

아이가 2학년 때였다. 한동안 점심시간마다 운동장에 나가서 술래잡기를 한다고 했다. 어느 날 아이가 말했다.

"술래잡기를 하는데 애들이 나만 술래 시켜. 내가 달리기 느리다고. 겨우 잡으면 규칙 바꿔서 또 나를 술래 시켜."

가슴이 철렁했지만 아무렇지 않은 듯 말했다.

"네가 그냥 술래하면 어때? 잡힐 걱정 없고 좋잖아."

"속상해."

"그러면 그냥 하지 마."

"그래도 같이 하고 놀고 싶어."

아이는 속상하다 했다. 얼마나 속상했을까. 달리기 느린 것도 속상한데 그렇다고 술래만 시키다니. 아이가 등교하면 늘 걱정이 되었다.

'오늘은 괜찮을까, 오늘도 술래만 시켜 속상하려나.'

다른 친구들에게는 그저 놀이의 순간일 뿐이겠지만, 아이와 나에게는 상처의 시간이었다.

요즘 아이는 학교에서 대부분 책 읽으며 쉬는 시간을 보내고 가끔씩 술래잡기한다고 했다.

"애들이 카드게임이나 보드게임 하면 재미없어서 책 보고, 술래

잡기하면 재밌어서 같이 해."

"2학년 때는 술래만 해서 술래잡기 싫어했잖아."

"요새는 내가 먼저 술래하겠다고 해."

"술래 계속 해도 괜찮아?"

"술래하는 게 더 좋아. 잡힐 걱정 없잖아."

코 찡긋 하며 특유의 애교 넘치는 웃음을 지어줬다. 아이는 내가 걱정할까 봐 속상해할까 봐 늘 웃어준다. 별일 아니라는 듯 대수롭지 않은 척 웃어준다. 알면서도 그 웃음을 보니 안심이 되었다.

작은아이는 기관지와 코가 약해 비염을 달고 산다. 계절이 바뀔 때마다 후두염으로 고생한다. 미세먼지가 많거나 건조할 때면 시도 때도 없이 킁킁 코를 마신다. 목에 가래 낀 느낌이 난다며 칵칵거리기도 한다. 아이가 참으려 해도 참아지는 게 아니란 걸 안다. 배즙, 도라지즙을 열심히 먹어도 큰 효과가 없다. 약도 지어다 먹이지만 아예 없어지지는 않는다.

초겨울, 아이 코가 예민해져 있을 때였다. 영어 학원 선생님한테 문자가 왔다.

"어머님, 준이가 비염이 심한가 봐요. 계속 킁킁거려서 같은 반 아이들이 시끄럽다고 뭐라고 했어요. 제가 아이들 혼냈는데 준이가 속상했을 거 같아요. 잘 토닥여 주세요."

하원한 아이에게 물었다.

"준이야, 괜찮아?"

"응, 괜찮아."

"너도 모르게 쿵쿵 하는 건데 애들이 그걸로 뭐라고 했다며."

"응. 그런데 아주 심하게 뭐라고 한 건 아니었어."

듣기만 해도 마음 아픈데 정작 본인은 웃으며 괜찮다 했다. 원래 속상한 일이 있어도 엄마 걱정할까 봐 이야기하지 않는 아이다. 10살밖에 안 된 어린아이가 엄마 속상할까 봐 웃어주니 대견하고 기특했다. 괜찮다지만 위로해주고 싶었다. 〈단단한 마음〉이라는 이 시를 써 보여주며 위로가 되었냐고 물었다. 그제야 눈물을 글썽이며 한숨을 푹 쉬었다. 고개를 숙이고 있던 아이가 〈쇠기둥〉이라는 시를 써 보여줬다.

쇠기둥

글 : 준이

바람에 흔들리지 않고

똑바로 서 있구나.

쇠기둥.

"우와, 네가 흔들리지 않는 힘의 원천이 뭐야?"

"엄마, 그리고 가족."

나보다 한참 어린아이가 나보다 단단한 마음을 가졌구나. 바람에 흔들리지 않을 쇠기둥이 이 아이 마음속에 이미 자리 잡았구나. 안심되었다.

그 힘의 원천이 엄마라고 해주니 감동이었다. 더 좋은 엄마가 되어야겠다. 나도 단단한 쇠기둥을 마음 깊이 세워야겠다.

선물

친구가 말했다.

"넌 사랑 많이 받아서 앞으로 잘 살 수밖에 없어."

그렇다. 난 그에게 많은 사랑을 받았다. 차곡차곡 쌓여 단단해진 그 사랑의 힘으로 버티고 있다.

누구는 먼저 간 그를 원망하고 미워하며 잊으라 했다. 아무리 애쓴다 한들 잊어질까. 열심히 미워하고 원망해 다시 만날 수 있다면 그렇게 하겠다.

며칠 전 화장실을 청소하던 중이었다. 세면대, 거울, 욕조, 변기, 화장실 바닥을 닦았다. 박박 깨끗하게 솔로 밀었다. 열심히 밀다 보니 숨이 차 잠시 멈췄다.

'그 바쁜 와중에도 화장실 청소는 꼭 해줬는데.'

다시 박박 닦고 시원하게 물로 세제를 닦아냈다.

아침 일찍 출근하던 그는 아침밥은 괜찮으니 그냥 자라고 조용히 나갔다. 새벽에 추울까 봐 나와 두 아이가 걷어 찬 이불을 턱까지 덮어주고 나갔다.

두 아이 등교시키려고 8시쯤 일어나 거실에 나와 보면 건조기 속 빨래가 깔끔하게 개어져 있었다. 밤늦게 퇴근하고 와서는 자고 있는 내 다리를 주물러 주곤 했다. 사소한 그의 배려가 듬뿍 담긴 선물 같은 시간이었다.

은행 다니던 시절, 나보다 먼저 일어나 월요일 아침마다 내 유니폼을 다려줬다. 임신했을 때, 불러오는 배에 살이 틀까 봐 매일 튼살 크림을 발라줬다. 라볶이 좋아하는 나를 위해 말만 하면 시도 때도 없이 만들어줬다. 여유 있었을 때는 늘 맛난 음식을 해줬다.

결혼 전 사귄 지 백 일째 되던 날 은행으로 꽃바구니 보낸 것을 시작으로 기념일마다 잊지 않고 꽃다발이라도 들고 들어왔다.

내가 하는 일은 뭐든 응원해주고 지지해주었다. 가수에 빠져 응원할 때도 함께해줬고 공감해줬다. 공연이 멀리에서 밤늦게 끝나도 두 아이를 태워 데리러 와서 기다려줬다.

쉽게 흥분하는 나를 다독이며 차분한 목소리로 중심 잡아줬다.

"수정아, 진정해. 흥분하지 마."

불편한 상황에서 상대를 미워하면 적당히 공감해줬다.

"그렇겠네. 일일이 신경 쓰지 마."

그러고 나면 상대를 향했던 미움이 수그러들곤 했다.

내가 인격적으로 부족한 부분을 채워주는 느낌이었다. 늘 따뜻한 미소로 날 사랑해줬다. 사소하게, 특별하게 배려해줬다.

그도 사람이기에 다투고 힘들었던 날도 있었지만 지금 내 마음, 머릿속에는 나를 사랑해준 기억만 가득이다. 이 따뜻한 기억으로 남은 생을 따뜻하게 살아갈 수 있을 것 같다.

불과 몇 개월 전 그의 죽음이라는 엄청난 일을 겪었다. 그런 것 치고는 멀쩡하게 지낸다. 적어도 겉으로는.

잘 먹고 잘 자고 잘 웃는다. 웃는 날 볼 때마다 친정엄마는 웃지 말라 했다. 그런 엄마에게 말했다.

"우는 것보단 낫잖아."

"그렇긴 하지만."

나를 보며 우는 친구를 위로했다.

"울지 마. 나 괜찮아. 너도 내 생각날 때 울지 말고 억지로라도 웃어줘."

슬픔에 빠져 헤어 나오지 못하는 어머니를 위로했다.

"슬픔에 빠져 있으면 헤어 나올 수 없어요. 생각이 나면 외면해 보세요. 해 보니까 돼요. 우리가 씩씩하게 잘 지내기를 그도 바랄 거예요."

시집살이로 힘들어하는 엄마를 위로했다.

"이런 상황인 나도 잘 지내는데. 힘내."

충격적인 소식을 듣고 응급실로 달려갔다. 이미 이 세상 사람이 아닌 그를 마주할 자신이 없었다. 응급실 앞에서 들어가지 못하고 꽉 움켜쥔 주먹만 만지작거렸다. 심호흡하고 겨우 발걸음을 뗄 때 응급실 안으로 들어갔다. 하얀 천이 그의 얼굴까지 덮고 있었다. 비현실적이었다. 실감나지 않았다. 그 순간에는 울음조차 나오지 않았다. 이미 차갑게 굳어버린 그의 손을 잡았다. 몽롱한 기분이었다.

제정신이 아닌 채 빈소를 마련하고 정신이 드니 두 아이 걱정이 들었다. 아이들한테는 어떻게 이야기해야 하나. 어린아이들인데 괜찮을까.

입관식, 화장장에 두 아이는 일부러 데려가지 않았다. 그것까지 보이기에는 너무 잔인한 것 같았다. 입관식을 할 때 울다가 호흡곤란이 왔다. 화장을 마치고 가루가 된 그를 보고 주저앉아 울었다. 힘들게 장례 절차를 마쳤다. 믿을 수 없었지만 내가 겪고 있는 현실이었다. 상상하지 못했던 슬픔에, 그 강도 높은 슬픔에 당황스러웠다. 까무러쳐 버릴 줄 알았다. 하지만 이겨냈다. 이겨내고 있다.

전과 다를 바 없이 두 아이와 잘 지내고 있다. 똑같은 일상을 보내고 있다. 슬픔에 빠져 벗어나지 못할 줄 알았다. 잠도 못 자고 밥도 못 먹고 울기만 할 줄 알았다. 무너지지 않고 버틸 줄 몰랐다.

모두 다행이라 했다. 안 그런 줄 알았는데 참 강하다 했다.

나도 이런 내가 신기했다. 난 원래 강한 사람이 아니다. 마음이 연약하다. 아이가 놀다가 다쳐서 작은 상처가 나면 그걸 제대로 쳐다

보지 못할 정도로 마음이 약하다. 그런 내가 남편의 죽음을 마주하고 장례를 치렀다. 그가 훌쩍 떠나버린 어이없는 현실을 이겨내고 있다. 덤덤하게 받아들이고 있다.

모성애로 이 고난의 시간을 이겨내고 있나 보다 했다. 두 아이를 위해 버티고 있구나 생각했다.

어느 날 문득 이 모든 게 그가 주고 간 선물이 아닐까 하는 생각이 들었다. 감당하기 힘든 아픔을 외면할 수 있는 내면의 벽. 깊은 우울의 우물 속에서 헤엄쳐 나올 수 있는 긍정의 힘 말이다.

그는 사는 동안 가족에게 자상하고 세심하게 사랑 주며 따뜻한 기억을 선물했다. 인사도 못 하고 급히 떠나면서는 단단한 내면의 벽, 긍정의 힘을 선물했다. 그가 남기고 간 선물 덕분에 남은 생을 잘 살아갈 수 있을 것 같다.

당신을 원망하지 않아요.

미워하지도 않아요.

열심히 원망하고 미워해

다시 만날 수 있다면

그리하지요.

내 마음속 머릿속엔

그저 당신이 날 사랑해준 기억만이

가득 차 있어요.

그 따뜻한 기억으로

오늘도 따뜻하게 보내볼게요.

PART 5

내 마음을
지키는 힘

행복은 언제나
내 곁에
있었다

주문

마음이 괜찮지 않길래
주문을 걸어봤다.
괜찮다. 괜찮다.
그러다 보니
정말 괜찮아졌다.

살다 보면 내 마음 같지 않을 때가 참 많다. 마음 아플 일도, 상처
받을 일도 많다. 기대하고 열심히 했던 일의 결과가 좋지 않을 때도
있고, 마음을 나누고 가깝게 지냈던 사람과 멀어지게 될 때도 있다.
가족이 마음 알아주지 않는 게 상처가 될 때도 있다. 처음 만나 다시
는 볼 일 없을 사람 때문에 마음 상하는 일도 많다. 줄 서 있다가 시
비 붙어 기분 나쁜 말을 듣게 되는 경우가 있다. 비좁은 공간에 예민
한 주차 관리인을 만나 잘못 없이 욕먹을 때도 있다. 이래저래 상처
입을 일이 많은 마음이다. 한번 다치면 회복되는 게 쉽지는 않다. 그
럴 때 음주, 가무, 운동, 여행, 게임, 수다, 기도, 독서 등등 각자 마음
의 상처, 스트레스를 회복하는 나름의 방법이 있을 것이다.

나는 마음에 상처를 입거나 스트레스를 받았을 때 기도하게 된다. 기도하고 수다로 하소연한다. 그래도 마음이 괜찮지 않으면 주문을 건다.

'괜찮다. 괜찮다.'

안 좋은 일은 한꺼번에 터진다는 게 맞는지 재작년 한해 힘든 일의 연속이었다. 큰 사건이 있었다기보다는 마음 힘든 일이 많았다. 사춘기가 온 큰아이의 반항에 나의 잘못으로 사이가 나빠졌다. 사사건건 부딪히니 스트레스가 많았다. 물고 빨고 보고 있어도 보고 싶을 정도로 예뻐 죽겠던 아이를 이렇게 미워할 수도 있나 싶었다. 미운 감정이 들면서 자책감에 힘들었다. 싸우고 나서 아이가 잘 때 반성하며 울었다. 마음이 아팠다.

그해, 큰아이가 억울한 일을 여러 번 겪었다. 상대를 배려해도 본인은 배려받지 못했다. 같은 반에 발달장애를 가진 친구가 있었다. 그 친구가 장난을 걸 때 그 장난을 받아주는 아이가 두 명 있었다. 그중 한 명이 큰아이였는데 가끔 투덜댔다.

"그 애가 먼저 장난 걸어서 받아준 건데 선생님이 나만 혼냈어."

"아픈 친구니까 네가 이해해 줘."

한 학기 내내 그런 상황이 되니 아이가 스트레스가 심했다. 학교에 가기 싫다고 할 정도였다. 고민 끝에 담임선생님에게 전화했다. 아이가 힘들어한다고 하니 항상 웃고 있어서 힘든 줄 몰랐다고 했다. 상대 아이 엄마에게도 연락했다. 본인 아이 때문에 우리 아이가 힘들다는 것을 보조교사를 통해 알고 있었지만 내 반응이 걱정되어 먼저 연락하지 못했다며 미안하다 했다.

"아이가 먹는 약을 바꿨더니 흥분을 잘해요. 죄송해요. 더 조심시킬게요."

고민 끝에 연락한 거지만 우리 아이 조금 편해지자고 상대 아이의 엄마 마음을 괴롭게 한 것 같았다. 그 아이 엄마 마음을 위해 기도했다. 눈물이 났다.

장난기 많은 큰아이는 겉보기와 다르게 속이 깊다. 자기 딴에는 친구를 배려해주면서도 그걸 티 내는 성격이 아니라 상대는 배려받는 줄도 몰랐다. 혼자만의 잘못이 아닌데 선생님한테 우리 아이만 혼나는 상황도 많았다. 그럴 때마다 어김없이 내 마음에는 상처가 생겼다. 억울하고 속상할 아이 마음을 생각하면 괴로웠다. 학년 말 생활 기록부에 담임선생님이 적어준 몇 줄 중 한 줄이 한 해 동안의 마음고생에 위로가 되었던 기억이 있다.

"활동적이고 유머가 있으며 친구들을 생각하는 마음이 남다른 학생임."

큰아이로 걱정하던 일이 괜찮아지면 작은아이 때문에 속상한 일이 생겼다. 엄마 걱정할까 봐 시시콜콜 잘 이야기하지 않는 아이가 그날은 학교에서 돌아오자마자 울상이 되어 말했다.

"애들이 나만 술래 시켜. 오늘은 술래 안 하겠다고 하니까 여러 명이 나를 때렸어."

"뭐라고?"

가슴이 철렁했다. 마음이 아팠다. 객관적인 상황을 들어야 할 필요가 있을 것 같아 같은 반 친구에게 전화해 물었다. 사실이었다. 처음 겪는 일이라 어떻게 해야 좋을지 혼란스러웠다. 머리는 어지럽고 마음은 욱신거렸다. 생각할수록 화가 났다. 남의 이야기일 줄만 알았던 학교폭력이라는 단어가 뇌리를 스쳤다. 학교폭력으로 신고해야 하는 건 아닐까 고민했다. 다른 사람에게 싫은 소리를 못 하는 성격상 가만히 있고 싶었지만 아이 일이었다. 아무것도 하지 않으면 아이가 계속 괴롭힘을 당할 테니 그럴 수 없었다. 담임선생님한테 연락해 상황을 알렸다. 상대 아이 엄마들에게도 연락했다.

"누구의 잘못이라는 게 아니라 어떻게 하면 이 상황을 해결할 수 있을지 함께 고민해 보려고 연락드렸어요."

선생님한테도, 친구 엄마들에게도 연락하는 게 많이 힘들었다. 연락하기 전에 마음이 괴로웠다. 다행히 잘 이야기 나눠 해결되었다. 선생님도 신경 썼고, 엄마들도 자기 아이를 상대로 옳지 못한 행동이라는 걸 단단히 일렀다. 그 후 아이들과 친해져 집에 자주 놀러오며 잘 지냈다.

걱정스러운 일이나 마음을 괴롭히는 일은 시간이 지나면 어떤 방향으로든 해결이 되었다. 하지만 그 상황에 직면한 당시에는 의연하게 지나쳐지지 않았다. 힘들었다. 괴로웠다.

'도대체 왜 힘든 일만 자꾸 일어나는 거지.'

오죽했으면 얼굴이 다 뒤집혔을까. 아침에 일어나는 게 두려울 정도였다. 오늘은 또 어떤 일이 아이를 힘들게 할까. 내 마음을 아프게 할까.

매일 아침 아이들이 등교하고 나면 책상에 앉아 성경을 읽고 기도했다.

'오늘 하루는 제발 아무 일 없이 무사히 지나가게 해 주세요.'

이런 상황이 일 년 가까이 반복되다 보니 일어나지 않은 일까지 걱정하는 불안증이 생겼다. 마음에 병이 생긴 것이다.

심리 상담을 몇 번 받았다. 마음속 상처는 담아두는 것이 아니라 흘려보내는 것이라고 했다. 그 말이 맞았다. 기분 나쁘고 속상한 일이 있을 때는 담아두고 되새기지 않고 바로바로 흘려보냈다.

'괜찮아, 괜찮아.'

마음속으로 수없이 외쳤다. 가끔은 혼잣말로 내뱉기도 했다.

"괜찮아, 괜찮아."

신기하게도 그러다 보면 정말 괜찮아졌다. 불안증도 없어지고 걱정한다고 달라질 일이 아닌 일에 대해선 외면하는 법도 알게 되었다.

어떤 일이든 마음먹기 나름이라더니, 괜찮다 마음먹으니 그렇게 되었다. 말이 씨가 된다는 말처럼 괜찮다, 괜찮다 말하다 보니 진짜 마음이 괜찮아졌다.

오늘도 주문을 걸어본다. 괜찮아, 괜찮아.

이성의 문

감정에 북받쳐

울고 싶어지는 날에 나는

이성의 문을 두드린다.

똑똑똑,

괜찮아. 난 괜찮아.

울음이 터져버리기 전에

그 문은 쉽게 열린다.

슬픔이라는 감정은 눈물샘, 마음을 자극한다. 나는 영화나 드라마 속 조금 슬픈 장면에도 눈물을 흘린다. 주인공의 감정에 이입되어 마음까지 아프다. 노래를 듣다 울기도 한다.

맑고 파란 하늘이 예뻐 뭉클하고 눈물이 핑 돌 때가 있다. 밤하늘 환한 달이 힘든 마음을 위로해 주는 것 같아 울기도 한다.

나는 감수성이 풍부한 감성적인 사람이다. 루머에 시달려 힘든 시기를 보냈던 좋아하는 가수가 경연에서 '나의 사춘기에게'라는 노래를 부르며 울었는데 그 모습을 보고 같이 울었다. 인생에서 가장 힘든 시절을 사춘기라 생각하며 노래했다는 그의 말에 눈물이 났다. 내 인생의 사춘기가 지금인가 싶은 생각에.

두 아이와 〈겨울왕국2〉를 보러 갔다. 주인공 안나가 언니인 엘사가 죽자 절망에 빠져 부르는 노래가 있다. 절망하다가 다시 힘을 내 한걸음 나아가겠다는 내용이다. 캄캄한 어둠 끝 빛에 닿을 때까지 눈앞에 놓인, 해야 할 일을 하나씩 해 나가겠다는 노래이다.

너무 멀리 보진 않을 거야

내가 감당하기엔 너무 벅차

하지만 다시 숨을 천천히 내쉬고

내딛는 이 걸음

이 선택만이 내가 할 수 있는 단 하나야

그러니 난 이 밤을 헤쳐 나갈 거야

비틀거리며 빛을 향해 나아가서

해야 할 일을 할 거야

새벽이 오면 그 다음은 어떻게 될까?

모든 것이 다 달라질 거라는 게 분명하다면

난 선택할 거야

내 안의 소리를 따라

해야 할 일을 할 거야

완전 내 이야기가 아닌가! 디즈니 만화영화 속 주인공이 내 마음을 대변해 주고 있었다. 주인공이 내 감정에 이입해 주는 기분이었다. 눈물이 났다. 두 아이가 볼까 봐 눈물이 흘러도 닦지 못했다. 콧물이 줄줄 흘러도 훌쩍이지 못했다. 조용히 몰래 숨죽여 울었다.

갑작스러운 사고처럼 예기치 않게 일어난 남편의 죽음은 여태껏 느껴보지 못했던 슬픔이었다. 상상할 수 없었던 슬픔이었다. 말이나 글로 설명하기 어려운 커다란 슬픔과 고통이었다. 겪어보지 않은 사람은 모를 그런 것이었다. 이 세상 누구도 겪지 않았으면 좋겠다 싶을 아픔이었다.

온몸으로 느껴지는 대로 그 슬픔을 받아들여 보니 정신을 차릴 수가 없었다. 제정신일 수가 없었다. 나 자신보다 더 소중한 두 아이도 눈에 들어오지 않았다. 신경 쓸 겨를이 없었다.

밥도 안 먹혔다. 주위에서 자꾸 먹으라고, 먹어야 버틴다고 하니 억지로 꾸역꾸역 입에 넣었다.

현실인지 꿈인지 분간할 수 없었다. 실감이 났다가 나지 않았다가 했다. 어지러웠다. 누가 가슴을 두드려 팬 것처럼 실제로 통증이 느껴졌다. 좀 지나서는 뻥 뚫려버린 느낌이었다. 주위에 사람이 많았어도 외로웠다. 옆에서 손잡아주고 같이 울어줘도 허전했다. 공허했다. 허무했다.

울지 말아야지 생각할 겨를 없이, 마음먹을 새도 없이 계속 울음이 터져 나왔다. 몸 속 수분이 다 빠져 나갈 만큼 끝없이 눈물이 흘렀다.

"탈진하겠어. 그만 좀 울어."

보는 사람마다 물을 먹였다.

주저앉아 그 자리에서 발버둥 쳤다. 발버둥 친다 해도 벗어날 수 없는 현실이었음에도.

"나 어떻게 해. 이제 나 어떻게 해."

발을 동동 굴렀다. 슬픔 외엔 어떤 것도 떠오르지 않았다. 며칠 그렇게 슬픈 감정에 휘둘려 지냈다.

그가 떠나고 이틀째 되던 날이었나. 눈뜨자마자 나를 안고 그만 울면 안 되겠냐는 작은아이 말에 몽롱했던 정신이 돌아왔다.

'그렇지, 나에게는 두 아이가 있었지.'

"미안해. 엄마 이제 안 울게."

아이에게 약속했다. 울지 않겠다고. 마음속으로 그에게 양해를 구했다. 슬프지만 두 아이를 위해 울지 않겠다고. 나는 엄마였다. 이제 나만 바라봐야 하는 두 아이가 있었다.

슬픈 현실, 감정에 빠져서는 한참 남은 인생을 제대로 살 수 없겠구나 싶었다. 두 아이를 상처 없이, 그늘 없이 잘 키우려면 이렇게 살면 안 되겠다고 생각했다.

꾸역꾸역 놓아버렸던 정신을 붙잡았다. 안간힘을 쓰니 정신이 붙잡혔다. 사소한 기억이 슬픔이라는 감정을 상기시켜 몰아치려 할 때마다 이성을 붙잡았다. 잘 안 될 때는 탁탁 가슴을 두드렸다. 절레절레 도리도리 고개를 흔들었다. 누워 있다가 벌떡 일어났다. 가만히 앉아 있다가 이리저리 걸어 다녔다. 눈물 맺힌 눈을 질끈 감아 버렸다. 눈물이 슬픔이라는 감정을 키울까 봐. 눈감아 슬픔이 떠오르면 눈을 번쩍 떴다.

똑똑똑. 이성의 문을 두드렸다. 고맙게도 두드릴 때마다 쉽게 열렸다. 쏟아지려던 눈물이 말랐다. 휘몰아쳐 온 마음을 덮어버리려던 슬픔이 수그러들어 잔잔해졌다. 마음이 평온해졌다. 적어도 그 순간만큼은.

억지로 크게 웃었다. 평소보다 더 씩씩하게 생활했다. 긍정 게이지를 힘껏 끌어올렸다.

눌렀던 슬픔의 감정은 글을 쓰다 보니 어느 정도 해소가 되었다. 이렇게 이성에 기대어 살면 될 것 같다.

인간이 이성적 동물이라 참 다행이다. 똑똑 두드릴 때마다 활짝 열어주는 이성의 문이 나에게 있어 다행이다.

조바심

꽉 막힌 도로에서

좀 더 빨리 갈까 싶어

옆으로 방향을 돌렸다.

결국은 돌고 돌아

더 오래 걸렸다.

그 순간만 참아볼 걸.

어느 토요일 오후, 예술의 전당에서 전시를 보기로 한 약속이 있었다. 평소에도 워낙 막히는 길인데 심지어 그날 근처 법원 쪽에 대규모 집회가 있었다. 차가 빼곡하게 멈춰 1m 전진하는데도 5분 넘게 걸렸다. 평소 30분이면 가는 거리인데 1시간째 길에 갇혀 있었다.

1시간이 넘어가니 뒤에 타고 있던 두 아이가 짜증내기 시작했다.

"왜 이렇게 막히는 거야."

"이래서 언제 도착해!"

시계를 보니 2시 10분을 넘어가고 있었다. 약속 시간은 2시 30분. 조금 일찍 도착해 근처 카페에 들릴 생각으로 여유 있게 출발했는데 어느새 시간이 촉박해졌다. 슬슬 조바심이 났다.

'이러다가 늦겠다. 약속에 늦는 건 민폐인데.'

고개를 이리저리 돌렸다. 머리도 이리저리 굴렸다. 최단거리로 안내하는 내비게이션의 말을 무시하고 내 머리가 안내하는 길로 핸들을 꺾었다.

"엄마, 경로를 이탈했대. 어디로 가는 거야!"

"엄마가 아는 길로 가면 더 빨리 갈 수 있어!"

꽉 막힌 도로에서 벗어나 속도를 냈다.

"이쪽으로 오길 잘했지? 약속시간 안 늦겠다."

안심하려던 찰나, 눈앞에 좌회전 금지 표시가 보였다.

"헉."

"엄마, 왜?"

"좌회전해서 가야 하는데 좌회전 금지네!"

"그럼 어떻게 해?"

예상하지 못했던 변수가 생겼다. 다시 내비게이션을 켜고 안내를 따라 갔다.

결국 돌고 돌아 처음 핸들 꺾었던 길로 다시 돌아왔다. 여전히 꽉 막혀 있었다. 지하차도를 힘들게 지나고 나니 길이 뚫렸다. 목적지는 지하차도만 지나면 금방이었다. 10분도 채 안 걸렸다. 막혔던 그 길을 지나고 나니 속도를 낼 수 있었다.

조바심에 좀 더 빨리 가겠다고 길을 돌렸던 건데, 오히려 그 시간 때문에 약속시간에 늦었다. 그대로 갔으면 아마 늦지 않았겠지. 그러려니 하고 그냥 참아볼 걸 후회했다. 조마조마 마음 졸이느라 짜증내고 스트레스만 받았다. 조바심 내봤자 도움 되는 건 하나도 없다.

어떤 일이든 조바심 내면 마음만 급해지고 오히려 뜻대로 되지 않을 때가 많은 것 같다. 그냥 편한 마음으로 있으면 저절로 될 일도 안절부절못하며 조바심 내면 초조하여 마음만 힘들게 할 뿐이다. 초조함에 마음이 급해지니 평소 잘하던 일도 제대로 하기 힘들다.

나는 특히 두 아이에게 조바심 냈다. 사소한 일까지도 조바심 내고 잔소리했다. 하나에서 열까지 참견하고 잔소리했다. 그러다 보니 습관이 된 것 같다.

아침에 등교 준비할 때 잔소리하고 소리 질렀다.

"빨리 해. 빨리 하라고!"

준비가 늦은 날에는 지각할까 봐 양말을 신겨주고 겉옷도 입혀줬다. 옆에서 보던 남편은 그냥 지각 몇 번 시키라고 했다. 그래야 스스로 알아서 한다고. 맞는 말이었지만 선생님께 혼나는 게 싫었다.

어릴 때부터 뭐든지 잘했던 두 아이가 대견했다. 욕심냈다. 욕심이 커지다 보니 조바심이 났다.

'또래보다 더 잘해야 하는데. 우등생이어야 하는데. 뒤처지면 안 되는데.'

조바심 낼수록 나도 아이도 지쳤다. 사랑만 줄 수 없었다. 하교 후에는 잠깐 쉬고 학원으로 갔다. 갔다 오면 바로 숙제했다. 숙제하고 잠깐 쉬면 잘 시간이었다. 여유가 하나도 없는 일상이었다.

밤 11시까지 숙제시키고 시험 공부시켰다. 우는 아이 달래가며 시켰다. 아직 초등학생인 두 아이를 다그쳐야 했다. 더 열심히 공부하라고. 남들도 다 이렇게 한다고. 늘 마음이 급했다. 계획한 대로 되지 않으면 괴로웠다. 초조했다. 욕심과 조바심이 소소한 행복과 여유를 빼앗았다.

사춘기가 일찍 온 큰아이의 반항 덕분에 욕심을 버렸다. 다행이었다. 하지만 상처받고 상처 준 마음을 회복하기까지는 쉽지 않았다. 과정은 힘들었지만 결과적으로 조바심을 내려놓았다.

마음에도 일상에도 여유를 찾았다. 행복을 되찾았다. 소소한 일상에서 두 아이와 누리는 모든 것이 행복이었다. 시간에 여유가 생기니 함께하는 일이 많아졌다. 하교한 아이와 산책했다. 산책 갔다 분식집에 들러 떡볶이를 먹었다. 마음이 답답할 때면 함께 콧바람 쐬러 자전거를 탔다. 드라마를 본방 사수했다.

"오늘은 10시까지 각자 할 일 다 마치자."

"왜?"

"드라마 봐야지."

"아, 맞다."

드라마를 함께 보며 군것질했다. 도란도란 수다꽃 피웠다.

저녁 먹고 나면 아이가 설거지를 해줬다. 큰아이가 설거지를 하면 작은아이는 청소기를 돌려줬다.

주위를 둘러보면 또래 아이들이 열심히 공부한다. 보고 들으면 불안해졌다. 초조해졌다. 그럴 때마다 조바심이 다시 고개를 들었다. 그러면 눈과 귀를 닫았다. 공부보다 아이와 누리는 행복이 더 중요했다.

친정엄마가 나에게 자주 하는 말이 있다.

"조바심 내지 마. 편하게 마음먹어."

아이를 믿어주고 기다려 줘야겠다. 초조해하거나 불안해하지 않을 것이다. 조바심 내지 않고 마음에 여유를 갖고 살아야겠다.

자전거

자전거 타는 게 참 좋다.
내가 힘을 들이는 만큼의
딱 그 속도로
너무 빠르거나 느리지 않게
나만의 속도로
달릴 수 있어서.

두 아이와 나의 공통된 취미가 하나 있다. 자전거 타기이다. 미세먼지가 없는 날에는 자전거를 끌고 나간다.

기온이 영하 1도였던 날 저녁이었다. 저녁 먹고 숙제를 빨리 끝내야 자기 전에 놀 시간이 있을 것 같아 아이를 재촉했다.

"빨리 해. 빨리 끝내고 좀 쉬게."

나 같으면 할 일을 빨리 끝내놓고 마음 편히 쉴 텐데, 아이는 그게 왜 이리도 힘든 걸까.

재촉하는 나도 재촉당하는 아이도 스트레스받기는 마찬가지이다. 열 번 넘게 말해 겨우 책상에 앉았다. 한 시간 좀 지났을까, 숙제하던 아이가 답답해했다.

"안 되겠다. 자전거 타러 나가자."

"지금?"

"응!"

티셔츠 위에 후드, 그 위에 얇은 패딩, 그리고 두꺼운 패딩을 껴입고 중무장했다. 둘이서 펭귄같이 뒤뚱대면서 자전거를 끌고 내려갔다. 경비 아저씨가 그런 우리를 보고 놀랐다.

"아니, 이 추위에 자전거를 타요?"

아이가 앞장서고 내가 뒤따라갔다. 늘 이 순서다. 작은아이가 같이 탈 때는 큰아이가 맨 앞, 작은아이가 가운데, 내가 맨 뒤다.

엄마가 시키는 대로 이끄는 대로 재촉하는 대로 따라야 할 경우가 많은데 자전거를 탈 때만큼은 본인이 앞장서 엄마를 이끄니 좋은가 보다. 나도 아이를 재촉하지 않고 아이가 가는 대로 따라가니 마음이 가볍고 편하다.

칼바람이 볼을 때렸다. 장갑 끼는 걸 깜박해 핸들 잡은 두 손이 꽁꽁 얼어 무감각해졌다. 아이도 손이 너무 차갑다며 호들갑 떨었다. 그래도 둘 다 웃고 있었다. 누구 한 명 먼저 집에 들어가자고 하지 않았다. 그날 이후로 한겨울밤에 자전거 타기는 우리 둘만의 기분 전환 방법이 되었다.

작은아이는 움직이는 걸 별로 좋아하지 않는다. 누워서 뒹굴거리며 책 보는 재미로 사는 아이다. 움직이기 싫어하고 운동신경도 없다. 그런 아이가 유일하게 좋아하는 움직임도 자전거 타기이다. 언제든 자전거 타러 가자고 하면 "오케이!"를 외친다.

시간이 날 때마다 집 근처 공원으로, 시간이 안 될 때는 집 앞이라도 자전거를 끌고 나갔다. 취향이 다른 두 아이가 유일하게 의견일치 되는 것이기도 하지만, 무엇보다 내가 좋아하기 때문이다.

여행 가서도 자전거 타기는 빠지지 않았다. 작년 가을, 남이섬에 가서 자전거를 타고 섬을 돌았다. 춥지도 덥지도 않은 날에 그냥 봐도 아름다운 남이섬 경치를 자전거 타며 보니 더 아름다웠다. 낭만적인 드라마 속 주인공이 된 기분이었다. 바쁜 일상 속에 서로 예민해졌던 가족끼리 웃음이 끊이지 않던 날이었다.

경주로 여행 갔을 때도 자전거를 빌려 첨성대 주위를 돌았다.

"얘들아, 뭐하고 싶어?"

"자전거 타고 싶어."

"좋아."

갑작스레 여름이 온 것 같이 아침부터 더운 5월이었다. 자전거를 타고 싶다는 큰아이 말에 아무도 싫다 소리 안 하고 자전거 대여소로 갔다. 등에 땀이 줄줄 흐르고 얼굴이 타는 게 느껴질 정도로 쨍쨍 더운 날이었지만 네 식구가 일렬로 첨성대 주위를 자전거 타고 도는데 오랜만에 신난 기분이 들었다. 남편도 두 아이도 그래 보였다. 몇 분 안 되어 갈증이 느껴질 만큼 더웠지만 가끔씩 살짝 불어오는 바람이 멈추지 말고 더 타라고 응원해 주는 것 같았다. 몇 바퀴 돌다 지친 남편이 먼저 잠깐 벤치에 앉아 쉬겠다고 했다. 다음에는 작은

아이가 자기도 앉아 쉬겠다고 했다. 큰아이와 나는 지치지도 않고 계속 자전거를 탔다. 누구 하나 서로 재촉할 필요가 없었다. 자전거 타고 싶은 사람은 타고, 잠깐 쉬고 싶은 사람은 앉아 쉬었다. 자전거 속도도 자기 편한 속도에 맞게 타면 되었다. 잔소리 할 일도 잔소리 들을 일도 없었다. 그냥 자전거와 한 몸처럼 움직이면 되었다. 앞에 가는 아이에게 소리쳤다.

"행복하지, 건이야?"

"응."

오랜만에 아이에게 행복하냐고 물었다. 아이가 행복하다 말했다.

나는 어려서부터 자전거 타는 게 좋았다. 10살 때 엄마가 우리 삼 남매에게 두발자전거를 한 대씩 사주고 알아서 타라고 했다. 무서 운 줄도 모르고 셋이 한 줄로 쪼르르 비틀대다 어느 순간 타기 시작 했다. 오랜 시간 자전거와 씨름 끝에 중심 잡고 페달을 밟아 타기 시작했던 그 순간의 쾌감은 여전히 기억에 남아 있다. 포기할 만할 때쯤 갑자기 타게 된 두발자전거. 계속 시도해도 안 되던 게 어느 순 간 가능해지니 기적이 이뤄진 것 같은 기분이었다. 자전거 타고 경 사진 언덕을 내려오는 게 얼마나 스릴 넘치고 재미있었는지 모른다.

두 발 힘껏 페달을 빠르게 밟으면 자전거에 속도가 붙어 시원한 바람이 온몸을 감싼다. 허벅지가 아파오고 숨이 찰 땐 페달에 그냥 발을 올려놓는다. 속도가 서서히 줄어든다. 멈추지 않을 정도로만 천천히 페달을 밟아 나만의 속도를 찾는다. 여유 있는 속도에 마음에도 여유가 생긴다.

주변에 시선이 간다. 봄바람에 휘날리는 벚꽃잎이 보인다. 무더위 속에 울어대는 매미 소리가 들린다. 어느새 붉게 물든 단풍잎이 보인다. 호호 입김 내쉬며 걸어오는 사람이 보인다. 오른쪽으로 가고 싶으면 핸들을 오른쪽으로, 왼쪽으로 가고 싶으면 왼쪽으로 돌린다.

자전거 타는 동안만큼은 누구의 간섭 없이 온전히 나만의 시간이다. 누구의 재촉 없이 나만의 속도로 달린다. 내가 원하는 방향으로 간다.

한번 몸에 익히면 내 몸을 움직이는 것처럼 자연스럽게 되는 자전거 타기. 처음 자전거 타는 방법을 익히는 건 온전히 자기 자신에게 달렸다. 겁내지 않고 포기하지 않고 계속 도전하다 보면 어느 순간 타게 된다. 노력은 절대 배신하지 않으니 시간과 노력을 들일 만한 가치가 있다.

자전거 타는 게 참 좋다. 내가 힘을 들이는 만큼의 딱 그 속도로 너무 빠르거나 느리지 않게 나만의 속도로 달릴 수 있어서. 🪴

산책길

> 너와 나의 산책길.
> 나란히 걷지 않아도,
> 특별한 대화가 없어도
> 문득
> 행복한 마음이 든다.
> 너도 나와 같은 마음일까?

"산책 갈까?"

산책 가자고 할 때마다 큰아이는 기다렸다는 듯 벌떡 일어나 신발을 신었다. 아이와의 산책길은 특별한 대화가 없어도, 나란히 걷지 않아도 행복한 마음이 들었다. 걸음이 빨라 나보다 앞서 성큼성큼 걸어가는 큰아이 뒷모습을 보는데 웃음이 나왔다.

'감개무량하다.'

평소 아이에게 고맙다는 생각이 들 때마다 표현하지 못한 것 같아 말했다.

"고마워."

"뭐가?"

"엄마가 산책 가자고 할 때마다 같이 나와 주잖아."

"내가 좋아서 나오는 건데."

기분이 좋지 않을 때에도 아이는 산책 가자 하면 언제나 알겠다고 하며 따라 나섰다. 싸운 후 함께 산책하면 말없이 걸어도 자연스레 풀렸다. 한동안 사춘기 소년 기분 맞추기 힘들었는데 산책은 유일한 화해의 도구이기도 했다.

큰아이도 기분이 좋을 때면 나에게 먼저 산책 가자고 했다. 아이가 산책 가자고 하면 나도 만사 제쳐놓고 나왔다.

나는 원래 걷기를 좋아했다. 가슴이 답답할 때는 한 시간이고 두 시간이고 무작정 걸었다. 머리가 복잡할 때도 걸었다. 아무 생각 없이 걸으면 머리가 맑아지는 기분이 들었다. 날이 좋을 때는 기분 좋아 걸었다. 버스 타고 갈 거리를 일부러 걸어 다녔다. 친구와 만나서 걸었다. 엄마와 걸었다. 혼자서 걸었다. 요즘에는 아이와 걷는다.

큰아이도 걷는 게 좋다 했다. 가슴이 답답할 때 아무 생각 없이 땀 흘려 걸으면 기분이 좋아진다고 했다. 나를 닮았나 보다.

지난 몇 년 동안은 아이와 내가 좋아하는 산책할 여유조차 없었다. 왜 이런 소소한 행복을 느낄 기회를 갖지 않았던 걸까.

큰아이는 하교할 때 친구를 데려와 놀아야 하는 아이었다. 친구와 놀고 바로 학원. 학원 마치고 오면 바로 숙제. 쳇바퀴 돌듯 매일 그런 일상이었다. 학원 수업 시간도 길고 숙제양도 많기 때문에 재촉할 수밖에 없었다.

"빨리 빨리!"

바쁘게 아이를 학원으로 실어 날랐다. 그게 엄마로서 최선을 다하는 거라고 생각했다. 아이와 눈 맞추고 이야기 나눌 시간도 별로 없었다. 함께 걸을 시간은 더욱 없었다. 같이 살았지만 각자 바빴다.

재촉하고 짜증내고 화냈다. 서로 그랬다. 시간적인 여유가 없었기 때문에. 마음에도 여유가 없었기 때문에.

요즘은 그렇지 않다. 아이는 가장 친한 친구와 수요일에 피아노 학원에 다니고, 일요일에 교회 다니며 만난다. 따로 매일 데려오려고 하지 않는다. 영어, 수학 학원도 다 정리했다. 그러고 나니 평일에 시간이 많아졌다. 재촉할 일이 적어졌다. 시간이 될 때마다 아이와 산책을 간다. 그 시간이 참 좋다.

처음에는 서로 별말이 없었다. 아이는 앞에 가고 나는 아이 뒷모습을 보며 걸었다. 매일 함께 산책하다 보니 어느 날에는 아이가 내 옆에서 걸었다. 서로 자기 이야기를 했다. 아이는 좋아하는 게임이야기, 나는 좋아하는 가수 이야기.

요즘에는 이런저런 이야기를 많이 한다. 여전히 중요한 이야기는 아니다. 시시콜콜한 수다 정도의 이야기이다. 그래도 좋다. 눈 맞추며 서로에게 관심 갖고 이야기한다.

"너 여드름 좀 괜찮아졌다."

"그치?"

"엄마는 뱃살이 조금 붙었네."

"이거 밥 먹어서 지금만 그런 거야."

"엄마, 이 노래 들어봐."

아이가 듣고 있던 노래를 들어보라며 내 귀에 이어폰 한쪽을 끼웠다. 이어폰을 한쪽씩 나눠 끼고 같은 노래 들으며 마음을 나눴다.

옆에서 걷는 아이를 봤다. 눈높이가 나보다 높았다.

"어머, 이제 엄마보다 크네?"

밤톨만 했던 아이가 어느 새 이리 컸는지. 콩알만 했던 아이가 언제 이렇게 커서 나만 해졌다. 이렇게 매일 함께 산책하다 보면, 열심히 살다 보면 어느새 아이 키가 내 키를 훌쩍 넘어 내가 아이를 올려다보며 웃는 날이 오겠지.

걷는 게 좋다. 산책하는 게 좋다. 아이와의 산책길이 좋다.

문득문득 마음속에서 감동이 느껴진다. 행복하다.

아이도 나와 같은 마음일까?

관계 그리고 결단

나뿐 아니라 주위를 둘러보면 인간관계로 힘들어하는 사람이 많다. 그 관계가 깊었더라도, 함께해온 시간이 길었더라도, 다시 오지 않을 나의 지금 이 순간을 자꾸만 힘들게 한다면 그 관계에 결단을 내리는 게 좋지 않을까. 나를 생각한다며 걱정한다며 건네는 말이 나에게 상처가 된다면 그건 상대의 마음이 거짓이기 때문인 걸까, 내 마음이 문제인 걸까. 이렇게 마음을 어지럽히는 관계는 정리하는 게 맞지 않을까.

세상의 수많은 사람들 사이에서 눈 맞추고 이야기 나누다가 마음이 통해 오랜 시간 함께한다는 건 보통 인연이 아니다. 깊은 인연으로 지내온 사람 중에는 시간이 흐를수록 진가를 알게 되는 사람이 있다. 처음부터 마음이 맞는 사람도 있다. 시간이 지날수록 함께 지내는 게 힘든 사람도 있다. 그런 사람은 안 보면 그만인데 그게 말처럼 쉽지가 않다. 한번 맺은 인연을 소중히 여기기 때문에 그 사람과 가깝게 지내는 게 힘들어도 티 내지 않고 속에 쌓아두며 참는다.

친하게 지내던 언니가 있다. 처음 만났을 때부터 이야기가 잘 통했다. 만나면 즐거웠다. 그래서 마음을 활짝 열고 지냈다. 언니가 좋았다.

그러다 어느 순간부터 함께 시간을 보내고 집에 올 때면 고개를 갸우뚱했다.

'그건 무슨 의도로 한 말이었을까? 왜 그런 말을 한 거지?'

마음이 답답하고 불편했다. 분명 나를 생각한다며 건넨 말이라고 했는데 기분이 상했다. 그게 쌓이다 보니 마음에 상처가 되었다. 그래도 말하지 않았다. 관계가 틀어질까 봐. 스트레스 받았지만 참았다. 언니가 좋았으니까. 나쁜 의도로, 못된 마음으로 한 말이 아니라는 걸 알았으니까. 그래도 힘들었다. 몇 년을 참고 지내다 문득 이 관계에 결단 내려야겠다는 생각이 들었다.

'이래도 되는 걸까?'

상처받은 내 마음을 지키자고 상대방에게 상처 주는 일은 아닌가 고민했다. 멀어지는 게 불편한 마음, 언니와 가깝게 지내며 불편했던 마음의 크기를 비교해 봤다. 멀어지는 게 나았다.

성격상 솔직하게 말하지는 못했다. 먼저 하던 연락을 하지 않았다. 서서히 멀어졌다. 자주 연락하고 지내던 사람과 연락이 뜸해지고 만나지 않으니 마음이 불편했다. 가끔 우연히 마주치면 어색한 인사를 나눈다. 그 어색한 상황도 처음엔 불편했지만 지금은 괜찮다. 다시 관계를 되돌리고 싶지 않다. 이미 그 관계에 대한 결단을 내렸기 때문에 미련 없다. 결단을 내리기까진 힘들었지만 결단을 내리고 관계를 정리하니 마음이 편하다.

다른 사람의 위로가 힘이 될 때가 있다. 함께 슬퍼해주면 그 슬픔이 나눠지는 것 같기도 하다.

하지만 남편의 죽음 앞에서는 좀 달랐다. 아주 가까운 친구에게는 알렸지만 다른 사람들에게는 알리고 싶지 않았다. 앞으로 살면서 아이에게 상처가 될 만한 일이 생길까 싶은 노파심 때문이었을까. 두 아이 학교에도 담임선생님에게만 알렸다.

자주 연락하던 큰아이 친구 엄마로부터 전화가 왔는데 받지 않았다. 아무렇지 않은 목소리로 받을 자신이 없었다. 그 일에 대해서 말하고 싶지도 않았다. 평소 연락을 잘하던 나인데 먼저 연락도 없고 받지도 않으니 걱정되었나 보다. 여러 번 전화가 왔다. 그래도 받지 않았다. 카톡이 왔다.

"무슨 일 있어? 걱정 돼서 그래."

"아무 일 없어요. 전화 못 받는 상황이었어요."

별일 없이 잘 지낸다고 했는데도 계속 연락이 왔다. 갑자기 부담스러웠다. 불편하면서 미안했다. 당황스러웠다.

'어디서 이야기를 들은 걸까. 뭔가 알고 연락한 걸까. 말을 해야 할까?'

머리가 복잡했다. 내 마음 힘들다고 무작정 연락을 받지 않으면 오해할 것 같아 고민하다 카톡을 보냈다.

"제가 요즘 신경 쓸 일이 많아서 그래요. 혹시 오해하셨을까 봐. 걱정해 주셔서 감사해요. 일이 정리되면 연락드릴게요."

가뜩이나 힘든 마음이 더 힘들게 느껴졌다.

나를 생각하며 건네는 걱정의 말이 불편하게 느껴지고 상처가 된다면, 그건 상대방의 마음을 걱정하는 마음보다 무슨 일인가 궁금한 호기심의 크기로 받아들여서일까? 마음 그대로 진심으로 받아들이지 못하는 내 마음이 문제인 걸까?

전자라면 휘둘리지 않으면 될 일이다. 관계에 미련두지 않으면 그만이다. 후자이면 그저 그 걱정해주는 마음 고맙게 느끼면 될 일이다. 인간관계는 나에게 중요한 문제이면서도 어려운 문제이다. 상대방에게 쉽게 마음을 열기 때문에 사소한 말에도 상처받는 것 같다.

상대가 건네는 말이 진심이었어도 자꾸만 신경 쓰이고 상처가 된다면 그 관계를 정리하는 것이 좋겠다고 결론 내렸다. 아무리 오래된 관계일지라도. 그런 관계를 꾸역꾸역 이어나가는 건 불필요한 에너지 소모이자 시간 낭비다.

인격적으로 성숙한 사람이 되길 원하지만 사람과의 관계, 말 한마디에도 신경 쓰고 연연해하는 나는 여전히 어린아이 수준이다.

나를 생각한다며
건네는 너의 말이
나에게 상처가 된다면,
그건 네 마음이
거짓이기 때문인 걸까,
받아들이는 내 마음이
문제인 걸까.

너와 나의 관계가
오래되었더라도
이 순간 내가
너로 인해 힘들다면
더 이상 애쓰지 않을래.
함께한 시간이
아쉬워 놓지 못했던
그 손을 이제 놓아볼까 해.

내 마음속 방화벽

　아이 친구 엄마로 만나 친하게 지내던 언니가 있다. 아이끼리도 절친이라 자주 만나고 잘 지냈는데 아이들이 크면서 사소하게 부딪히는 일이 빈번하게 일어났다. 그러다 보니 언니와도 멀어져버렸다. 오랜 친구 이상 가족만큼 가깝게 지냈던 사이인데 말이다.

　마음을 주고 의지했던 만큼 힘들었다. 나중에 언니와 통화할 기회가 있었는데, 언니도 스트레스와 상처로 원형탈모가 왔다고 했다. 그땐 미안했다고 서로 사과했다. 풀긴 했지만 예전만큼 가깝게 지내지진 않는다. 길을 가다 우연히 마주치면 어색하게 인사나 나누는 정도이다.

　그 일이 있고 나서 학부모 간의 인간관계에 대해 다시 생각하게 되었다. 조심스러워졌다. 친하게 지내던 엄마들과 자주 연락도 안 하고 만나는 것도 피했다. 한동네 살다 보니 언니와 함께 친하게 지내던 엄마들이 함께 있을 때 마주치게 되는 경우가 잦았다. 내 의지로 그들과의 관계에 거리를 둔 건데 마주칠 때마다 괴로웠다.

아파트 상가에 커피숍이 하나 있다. 우리 아지트였다. 아이들을 등교시키면 늘 그곳에 모여 이야기 나누곤 했다.

아침부터 커피가 생각 나 외출하는 길에 잠시 차를 세웠다. 테이크 아웃해서 마시며 가려던 참이었다. 문을 열고 들어서려는데 언니를 포함한 엄마들이 나오고 있었다. 당황스러움에 두근거렸다. 고개를 푹 숙였다. 나도 모르게 나온 행동이었다. 그래도 인사는 했다.

"안녕! 오랜만이네."

아무렇지 않게 인사했지만 표정관리가 안 되었다. 그런 내 표정을 봤을까 신경 쓰였다. 그들과 마주치는 게 싫었는데 고개를 돌려 그들의 뒷모습을 봤다. 보고 싶지 않았는데 보고 있었다.

관계에 대한 아쉬움 때문이었을까. 함께했던 지난 시절에 대한 그리움 때문이었을까. 아니면 나 혼자 외톨이가 된 기분 때문이었을까. 속상했다. 서글펐다. 나오려는 눈물을 억지로 참았다.

어느 정도 시간이 흘러 이제는 괜찮아졌다 생각했는데 아니었나 보다. 열심히 마음속에 쌓았던 방화벽이 그들과 마주친 순간 와르르 무너져 버렸다.

커피숍에서 나와 운전하는 내내 눈물이 났다. 혼자 한참을 속상해했다. 조금 지나면 커피 마실 텐데 참을 걸 그랬다.

친했던 동네 엄마들과 어색해지고 나서 우연히 마주칠 때마다 마음이 불편했다. 상대를 탓하는 건 아니다. 나도 분명 잘못한 부분이 있다. 하지만 마주치고 나면 알 수 없는 기분 나쁜 두근거림이 한동안 지속되었다.

그들과 마주칠 때의 느낌은 상처 난 마음에 소금 뿌리는 느낌 아니면 아물려 하는 상처에 다시 상처 내는 느낌이었다.

부정적인 생각이 꼬리에 꼬리를 물었다. 왜 자꾸 결론은 자책으로 나는 건지. 눈물이 나기도 했다.

그렇게 일 년 정도가 지났다. 어느 토요일 아침이었다. 두 아이와 어디 갈 일이 있어 나왔는데 주차장에서 그들 중 두 명과 마주쳤다. 먼저 인사했다.

"오랜만이다."

전과 다르게 밝게 웃으며 인사했다. 무의식적으로 푹 숙여졌던 고개가 그날은 숙여지지 않았다. 눈을 피하지 않았다. 가슴이 두근대지도 않았다. 아무렇지 않았다.

그렇게 인사하고 지나치고 나서도 아무 생각나지 않았다. 그냥 동네 사람과 마주쳐 인사하고 난 후 그런 느낌이었다. 신기했다. 시간이 약이라는 말이 정말 맞는 걸까.

절대 회복되지 않을 것 같았던 그들에 대한 마음이 재생된 기분이었다. 마음에 소금을 들이부어도 아무렇지 않을 것 같았다. 차곡차곡 쌓아온 마음속 방화벽이 단단해졌나 보다. 불타던 마음속 불이 꺼졌나 보다.

이제는 단단해졌다

생각했는데

눈에 보이는 순간

와르르

무너져 버렸다.

내 마음속 방화벽.

한참을 아파하다가,

멍하게 있다가,

다시 쌓기 시작했다.

내 마음속 방화벽.

이제는 단단해졌나 보다.

내 마음속 방화벽.

눈에 보여도 끄떡없다.

굳이 애쓰지 않고

흘러가는 시간에 맡기니

저절로 단단해졌구나.

내 마음속 방화벽.

멀쩡해지려고 애쓴 건 아니었다. 그냥 흘러가는 대로 내버려뒀다. 그러다 보니 자연스레 마음속 상처가 아물고 단단해진 것이다. 이렇게 단단해지기까지 고단했던 내 마음에게 고생했다 토닥토닥. 대견하다 토닥토닥.

앞으로 살면서 크고 작은 일로 마음 아프고 상처 입을 일이 많을 것이다. 하지만 든든한 마음속 방화벽이 어지간한 일에는 상처 입지 않게 막아줄 거다.

와르르 무너져버리는 일이 생겨도 상관없다. 애쓰지 않아도 흘러가는 대로 놔두면 반드시 단단하게 다시 쌓일 테니까.

유언비어

생각 없이

흘러 다니며

마음에 상처를 내고

신나게

날아다니며

가슴에 못을 박아

고통스럽게 한다.

살면서 유언비어가 나를 괴롭힐 줄은 몰랐다.

근거 없는 남의 이야기를 입에 올리며 사는 사람들은 무슨 심보일까? 자기 인생에 최선을 다하며 살기도 바쁜데 말이다.

남편의 죽음은 너무 갑작스러웠기에 더 충격이 컸다. 그의 부고 소식을 듣던 그 순간은 정말 충격이었다. 철렁. 평소 같았으면 심장이 벌렁벌렁 쉬지 않고 미친 듯이 뛰어댔을 것이다. 흥분을 쉽게 하는 나지만, 너무나 믿을 수 없는 소식에 심장도 반응하지 않았나 보다. 충격적인 현실 앞에서 차분했다.

이후 그 순간이 생각날 때마다 같은 강도의 충격이 그대로 느껴졌다.

그 와중에도 두 아이를 생각하여 밝게 지내려 노력했다.

"우리 슬픔은 가슴 속에 묻어두고 밝게, 씩씩하게 살자."

우리끼리는 잘 먹고 잘 자고 웃고 지냈다. 평소처럼. 자연스럽게 그의 이야기도 하면서. 덤덤하게 그렇게 지냈다. 이전과 다를 바 없이 지냈다.

괴롭지만 괴롭지 않았다. 마음이 아팠지만 괜찮았다. 두 아이도 아마 그랬을 것이다.

하지만 그의 죽음과 관련된 말도 안 되는 소문 앞에서는 괴로웠다. 괜찮지가 않았다.

철렁. 가슴이 벌렁벌렁. 쿵쾅쿵쾅. 심장이 격하게 반응했다.

세상이 좁다고 하지만 이렇게 좁았던가. 한 다리 건너면 다 아는 사람이라고는 하지만 주변에 그를 아는 사람이 이렇게 많은 줄 몰랐다. 생각지 못한 곳에서도 소문이 들려왔다. 많은 곳에서 헛소문이 들렸다. 이야기도 다양했다.

나도 처음 듣는 우리 가족 이야기였다. 모두 거짓이었다.

연예인이나 유명인이 사실이 아닌 루머에 시달려 고통받는다더니 이런 기분이었을까.

'유명인도 아닌 일반인이 왜 이런 헛소문을 들어야 하는 거지?'

누군지도 모르는 이 사람들은 어떻게 말도 안 되는 이야기를 지어내어 퍼트릴까. 가족의 죽음이라는 사실만으로도 힘들다는 걸 모르는 걸까.

장난으로 던진 돌에 개구리가 맞아 죽는다고 하지 않던가. 생각 없이 떠들어대는 이야기가 당사자에게는 비수가 되어 가슴을 난도질한다는 걸 알지 못하는 걸까. 사소하게 던진 말이 퍼지고 퍼져 당사자에게는 엄청난 파장을 일으키는 걸 모르는 걸까. 어쩜 이럴 수가 있을까. 피가 거꾸로 솟는 느낌이었다. 화가 났다는 표현으로도 부족할 만큼 화가 났다. 분노라는 감정을 처음 느꼈다. 몸이 부르르 떨렸다. 그 감정을 주체할 수 없었다.

그래도 참아야 했기에 소리 내지 않고 입술을 깨물었다. 두 아이 앞에서 아무렇지 않은 척해야 했기에, 아무 일 없는 듯 잘 지내야 했기에.

"하."

하지만 자꾸 깊은 한숨이 나왔다. 아무것도 할 수 없었다. 그저 숨만 깊이 내쉴 뿐이었다. 눈치 없이 자꾸만 나오려는 눈물을 참았다.

서글펐다. 서러웠다. 겪지 않아도 될 일을 겪어야 하니 미칠 노릇이었다. 먼저 간 그를 원망한 적이 없는데 그 순간만큼은 떠나간 그가 원망스러웠다.

'가서 헛소문 떠드는 사람 멱살을 잡을까. 불 질러 버릴까.'

상상했다. 얼굴도 모르는 사람의 멱살을 수없이 잡았다. 머리채를 잡았다. 온 힘 다 실어 뺨을 후려쳤다.

다 소용 없는 일이었다. 내가 할 수 있는 건 마음을 다잡는 일이었다. 이성을 붙잡았다.

'사실이 아닌 일에 흥분할 필요 없다. 시간이 지나면 신나게 떠들던 사람도 잠잠해지겠지.'

앞으로 살아가면서 서러울 일 많을 텐데 그때마다 이렇게 휘둘리면 안 된다 생각했다. 그러려니 생각하기로 했다.

유언비어로 인해 우울증에 걸려 스스로 목숨을 끊은 연예인이 많다. 그들의 심정이 이해되었다. 이해되었지만 공감하지는 않겠다고 스스로 다짐했다. 두 아이를 위해서.

시를 적어 내려갔다.

누군가의 공감이나 위로를 원했던 건 아니다. 그냥 생각나는 대로 적었다. 시를 적어 내려가면서 이 상황을 이겨 내겠다 다짐했다.

마음이 잠잠해졌다. 안정되었다.

다행히도 한 달 정도 지나고 나니 헛소문은 잠잠해졌다. 돌고 도는 말은 생명이 없어서 금방 사라질 거라더니 정말이었다.

건이

보면 볼수록
너는 참 나를 닮았구나.
알면 알수록
너는 정말 나를 닮았구나.
나와 많이 닮은 너.
내가 더 사랑할게.

내가 좋아하는 가을, 10월의 마지막 날은 큰아이가 태어난 날이다. 내 생일과 양력으로는 하루 차이, 음력으로는 10월 3일로 날짜가 같다. 모자의 생일이 같으면 잘 산다고 어디선가 들었다.

내 나이 스물여덟에 큰아이를 낳았다. 30대는 어찌 가는지도 모르고 아이 키우다 보니 내 나이 불혹, 큰아이는 13세가 되었다. 어느새 손발이 나보다 크고 내 키를 넘었다.

지난 10여 년 세월 큰아이 덕분에 웃을 일도 울 일도 많았다.

큰아이 임신했을 때 입덧이 없었다. 임신 기간 동안 잘 먹고 잘 잤다. 진통도 길지 않았다. 예정일이 지나도 나오지 않아 유도분만 했다. 진통을 시작해 4시간 만에 낳았다. 출산 과정이 수월한 편이었다.

아이가 태어나자마자 품에 안았다. 양수에 퉁퉁 부은 얼굴을 하고 눈도 못 뜬 채 응애 우는데 눈물이 났다. 모성애였을까, 뭔지 모를 무언가가 마음 가득 차올랐다.

산후조리원에 가지 않고 집에서 산후조리를 했다. 병원에 삼일 입원해 있는 동안 젖병에 익숙해진 아이가 모유 수유를 거부했다. 모유 수유를 꼭 하고 싶었기 때문에 집에 온 첫날, 밤새 아이와 씨름했다. 아이와 나의 역사에 첫 싸움이었다. 모유 먹이려는 나와 거부하는 아이가 서로 팽팽히 맞섰다. 긴 밤 내내 이어진 실랑이 끝에 내가 먼저 손들었다. 모유 수유를 포기하고 분유를 타려 물을 끓이는데 눕혀 놓았던 아이가 넘어갈 듯 울었다. 당황해서 달려가 아이를 안았다. 아이가 더듬더듬 젖을 물고 빨기 시작했다. 긴장이 풀렸다. 배고팠던 아이가 쪽쪽 열심히 빨아대다 스르르 잠들었다. 동이 트고 있었다. 어느새 환해진 창밖을 내다보며 엉엉 울었다. 출산의 순간에는 미처 느끼지 못했던 엄마로서의 책임감이 처음으로 와 닿은 순간이었다.

'내가 좋은 엄마가 될 수 있을까. 아이를 잘 키울 수 있을까.'

만감이 교차했다. 내 품에 안겨 세상 평온한 얼굴로 쌕쌕거리며 잠든 아이를 보고 다짐했다. 잘 키워주겠다고. 좋은 엄마가 되어 주겠다고.

애기 때 순하게 잘 웃어서 사람들이 '스마일 보이'라고 불렀다. 밥은 또 어찌나 잘 먹던지 자식 먹는 것만 봐도 배부르다는 기분이 뭔지 이해가 되었다.

5살이 될 때까지 말문이 터지지 않았다. 말이 안 통하니 순하던 아이가 짜증이 많아졌고 많이 울었다. 그래도 떼 부리는 아이를 한 번 혼내지도 않고 안아주고 그저 사랑만 줬다. 둘째 만삭 때까지도 꽤 무거워진 큰아이를 열심히 안아줬다.

말문이 터지면서 동시에 글을 읽었다. 신기했다. 지식에 대한 욕구가 남달랐다. 한 가지에 빠지면 전문가 수준으로 깊이 팠다. 그런 아이를 보며 귀엽기도 뿌듯하기도 했다. 그 뿌듯함이 어느 새 욕심이 되었다. 영어 유치원을 보내고 수학 경시대회도 내보내고 극성 엄마가 되었다. 맨바닥에 드러누워 놀고 놀이터 가면 신발 벗어던 지고 뛰어다니는 망아지 같은 아이가 엄마 말이면 잘 들었다. 엄마가 하라고 하는 건 뭐든 불평 없이 열심히 성실하게 했다.

아이가 4학년이 되면서 사춘기가 살짝 왔다. 나와 부딪힐 일이 많아졌다. 공부도 힘들어했다. 불안했다. 불안해서 더 다그쳤다. 돌이켜 보면 공부가 뭐 그리 중요하다고 불안해했는지 모르겠다.

말 안 듣고 반항하는 아이가 미운 순간이 있었다. 사랑하는 마음만 넘치던 내가 이상해진 것 같아 자책했다. 괴로웠다. 아이와 싸우거나 아이를 혼내고는 아이가 등교하거나 잘 때 혼자서 얼마나 많이 울었는지 모른다.

다행히도 지금은 내가 달라졌다. 공부보다 중요한 게 많다는 걸 알았다. 아이와의 관계가 회복되어 기쁘다.

큰아이와 난 참 닮았다. 보면 볼수록 나를 닮았다. 웃는 아이 얼굴을 보면 거울 속 내 모습을 보고 있는 것 같을 때가 있다. 까만 피부, 마른 체형이 닮았다. 순수한 마음이 닮았다. A형의 소심함도 닮았다. 급한 성격도 닮았다.

나를 닮아서였을까. 큰아이 건이를 정말 예뻐했다. 한 사람을 이렇게 사랑할 수 있을까 싶었다. 둘째가 태어나기 전날까지도 둘째는 뒷전, 건이만 사랑할 것 같았다. 신기하게 둘째가 태어나니 마음속에 새로운 사랑의 방이 하나 더 생겼다. 동생 태어난 게 건이 3살 때였다. 지금 생각해보면 3살 아가인데 둘째가 태어나는 순간부터 큰 아이 취급을 했다. 한 번도 나에게 이야기한 적은 없지만 얼마나 서운했을까. 서운한 감정이 뭔지 몰라 말하지 못했을까. 느꼈어도 성격상 말하지 않았던 걸까.

얼마 전 큰아이가 말했다.

"엄마가 어릴 때 나를 정말 사랑했는데."

"지금도 사랑해."

"아니야. 어릴 때는 더 많이 사랑했어. 감자랑 양파, 당근 갈아서 끓여 이유식 먹여줬던 그 모습이 떠올라. 그 느낌이 기억나."

"이유식 먹을 때면 두 살 전후인데 기억이 나?"

"응. 정확히는 아니지만 그 느낌이 얼핏 기억나. 나 정말 많이 사랑해준 기억."

정말 아이가 기억하는 건지 아닌지는 알 수 없지만 그 시절 내가

272

아이에게 많은 사랑을 준 건 사실이다. 마음속에 넘쳤던 사랑의 감정이 아이의 마음속에 전해져 사랑받았던 그 느낌을 기억하는 게 아닐까.

나도 엄마가 처음이라 시행착오를 겪으며 아이를 키워가고 있다. 보고 있어도 보고 싶던 시절도 있었다. 매일 싸우고 미워 죽겠던 시절도 있었다. 요즘은 어느 정도 아이에 대한 초심을 찾은 것 같다. 아이를 처음 품에 안은 순간 느꼈던 마음으로 사랑만 주고 싶다. 아이 덕분에 내가 진정한 어른이 되어간다.

"건이야, 네가 아는지 모르겠지만 무뚝뚝한 엄마라 말로 잘 표현하지 못하지만 나와 닮은 너를 정말 많이 사랑해."

준이

나에게 너는 행복.

나에게 너는 기쁨.

나에게 너는 빛.

나에게 너는 공기.

나에게 너는, 너는,

이 세상 그 무엇보다 소중한 존재.

작은아이 준이는 계획한 대로 원하는 시기에 나에게 찾아왔다. 뱃속에 있을 때부터 효자였다. 입덧 한번 없었고 배 뭉침도 거의 없었다.

3살이었던 큰아이가 떼 부려 만삭인 채로 큰아이를 안고 다녔다. 입맛이 없어 제대로 먹지 않았다. 만삭까지 7킬로그램밖에 찌지 않아 걱정했지만 아이는 뱃속에서 무럭무럭 잘 자랐다. 우는 큰아이를 안고 뱃속의 작은아이에게 마음속으로 속삭였다.

'미안해, 우리 밤송이. 그리고 고마워.'

다섯 시간 진통을 하고 출산했다. 출산의 고통이 크긴 했지만 비교적 수월했다. 작은아이 낳기 전날까지 마음속 사랑을 반으로 잘 나눠서 줘야지 생각했다. 작은아이가 태어나 응애 우는 순간 신기한 감정을 경험했다. 아이를 품에 안았는데 넘치는 감동, 끓어오르는 모성애 그런 것이 아닌 편안한, 그저 평온한 감정이 들었다.

마음속에 새로운 사랑의 방이 하나 더 생겼다. 사랑을 반으로 나눌 생각만 했는데 새로운 하나가 자리 잡았다. 큰아이 낳고 마음속 충만했던 사랑이 넘치지 않도록 하나가 더 생긴 것이었다. 열 손가락 깨물어 안 아픈 손가락 없다더니 그 말이 이해가 되었다.

둘째 낳고 산부인과에 입원해 있던 첫날 두 아이 키울 걱정에 잠 못 이뤘다. 새벽에 주사 놓아주러 들어왔던 간호사가 깨어 있는 나에게 말했다.

"이제 퇴원하면 두 아이 본다고 잘 시간 없을 텐데, 여기 있는 동안에라도 잘 주무세요."

"그러게요. 그런데 두 아이 어떻게 키우나 걱정돼서 잠이 안 오네요."

걱정과 달리 두 아이는 키울 만했다. 대부분 신생아는 밤낮 구분이 없어 아이 젖 먹이고 기저귀 갈고 하려면 밤잠 설쳐야 하는데 준이는 신생아 때부터 밤낮 구분이 되었다. 낮에는 잠깐 놀고 자고, 밤에도 잘 잤다. 낮잠 자다 깨도 울지도 않았다. 일어날 때가 된 것 같아 방에 들어가 보면 어느 새 혼자 일어나 꼬물대며 놀고 있었다.

이유식부터 밥까지 편식 없이 어찌나 잘 먹던지. 토실토실 예쁘게 살이 올랐다. 볼록 나온 배가 얼마나 귀여웠는지 모른다.

크고 동그란 눈이 꼭 별을 박아 놓은 것처럼 반짝반짝 빛났다. 큰

아이 보라고 '뽀로로'를 틀어 주면 돌도 안 된 아기가 큰 눈에 눈물이 고일 정도로 눈 한번 깜박이지 않고 집중해서 봤다.

"준이야. 아기가 뭐 알고 보니? 눈 좀 깜박여."

그런 아이를 보고 누군가 눈 깜박이라 하면 그 사람을 보고 방긋 웃으며 깜박. 방긋 웃는 얼굴에 고였던 눈물이 또르르 떨어졌다. 그 모습이 귀여워 보던 사람이 다 웃었다. 큰아이도 그런 동생이 귀여웠는지 아가, 아가 하며 쓰다듬었다.

눈 마주치는 사람 누구에게나 방긋방긋 웃어대니 준이와 눈 마주치면 반하지 않는 사람이 없었다. 애교가 많아 사람들이 딸 노릇한다고 했다. 가족 중 제일 어린데도 늘 가족들의 기분을 살피며 배려했다.

큰아이 신경 쓰다 보니 혼자서 큰 것 같다. 형에게 책 읽어줄 동안 옆에 붙어서 보더니 어깨 너머로 한글을 배웠다. 하루 종일 혼자 책을 읽었다. 책에서 읽은 내용을 재잘재잘 설명해주는데 어찌나 재미있게 설명하는지 집중하지 않을 수가 없었다. 만나는 사람마다 붙잡고 재미있는 이야기를 들려주니 유치원 선생님, 내 친구, 집안 어른들 모두 아이를 예뻐했다.

"어머, 너 이런 거 어디서 배웠어?"

"책에서요."

그런 아이에게 학교 입학하면서부터는 수업에 방해가 되니 이야기하지 말라고 했다. 또래 아이가 잘난 체한다고 했다기에 묻지 않은 상식 이야기는 하지 말라고 당부했다. 집에서 엄마에게만 들려달라고 했다. 가족 앞에서만 이야기 해달라고 했다. 똑똑한 아이가 엄마로서 고맙기도 하지만 걱정스럽기도 했다. 어떻게 이 아이를 키워야 할지 고민이 많았다. 에디슨이나 위인들의 어머니처럼 무조건 아이 행동에 지지해주고 싶지만 현실적으로 그러지 못해 늘 미안한 마음이 있다.

준이는 키우는 데 있어 고민이 많이 되는 아이지만 하늘에서 준 선물 같은 아이다. 친정엄마는 둘째 임신 전 나 힘들까 봐 하나만 낳으라고 했는데 안 낳았으면 어쩔 뻔 했나 싶다. 언제나 엄마 마음 힘들까 걱정하고 살피는 준이가 있어 살만 했다. 힘들 때나 속상할 때 몽실몽실한 아이를 꼭 껴안으면 마음이 편해지고 차분해졌다.

자연을 보며 감동받고 위로받는 감수성이 나와 통하는 것도 좋았다. 자연을 보고 감동받아 아이에게 말하면 언제나 공감해 주었다. 서로 말하기 힘들 때 시로 위로를 주고받는 것도 참 좋았다.

시도 때도 없이 와서 내 어깨를 주물렀다.

"엄마가 우리 키운다고 고생이 많아."

"고마워."

큰아이와 아옹다옹할 때 쪼르르 달려와 속삭였다.

"엄마가 참아. 싸우지 말고. 응? 형이 사춘기라서 그래."

아이가 와서 속삭이면 흥분되었던 마음이 진정됐다. 마음에 불이 났다가 스르륵 꺼졌다.

남편의 죽음 후, 내 모습에 조금이라도 슬픔이 비치면 말했다.

"엄마, 우리 슬픔은 가슴 속에 묻어두고 행복하게 살자."

내가 두 아이에게 했던 말이다. 그 말을 기억하고 나에게 그대로 해줬다. 슬픔이 스쳤다가도 웃을 수밖에 없었다. 이 아이가 날 얼마나 생각해 주고 있는 걸까, 매번 마음이 따뜻해졌다.

준이와 단둘이 있을 때 마음이 편하다. 별거 아닌데도 웃음이 끊이지 않는다. 화날 일도 짜증 날 일도 없다. 나랑 잘 맞는 것 같다.

준이는 나에게 행복이다. 코 찡긋 하며 웃는 얼굴만 보고 있어도 행복하다.

준이는 나에게 기쁨이다. 살면서 나에게 수많은 기쁨을 주었다. 슬픈 순간에도 따뜻한 말 한마디의 위로로 기쁨을 느끼게 해줬다.

준이는 나에게 없어서는 안 될 존재, 빛이고 공기이다. 나에게 이 세상 무엇보다 소중한 존재이다.

꿈

꿈은 희망을 낳는 씨앗.
그 희망이 싹 터
행복을 꽃 피운다.

　나의 꿈에 대해 이야기하기 전에 나에 대한 이야기를 하고 싶다. 난 긍정적이고 씩씩한 사람이다. 어릴 적부터 그랬던 것 같다. 마음이 복잡하고 고민 많고 괴로울 때면 걸었다. 기운 없이 누워 있지 않았다. 씩씩한 발걸음으로 걷고 나면 답답했던 마음이 괜찮아지곤 했다.

　신기하게도 힘든 일이 있을수록 나의 긍정 게이지는 올라간다. 남편의 죽음 앞에서도 절망하지 않고, 무너지지 않고 버텨내고 있음에 감사기도를 하고 있다. 더 크게 소리 내어 웃는다. 더 씩씩하게 지낸다. 솔직히 고백하자면, 그렇지 않으면 버텨낼 수가 없다.

　나는 성실한 사람이다. 인생의 거창한 계획이나 목표는 없었지만 하루하루 내 앞에 주어진 일, 상황에 최선을 다하며 40년을 살아왔다.

어릴 적에는 쌍둥이 언니, 남동생이랑 정말 열심히 놀았다. 비 오는 날에 우산도 없이 맨발로 첨벙첨벙 뛰어 다니며 놀았다. 눈 오는 날에는 동네에서 가장 큰 눈사람을 만들었다. 날 좋을 때는 바짓가랑이 찢어지도록 고무줄놀이에 열정을 쏟았다.

학창 시절에는 모든 과목에 최선을 다했다. 체력장도 악착같이 해 특급이나 1급을 받았다. 달리기 시합 때면 이를 악물고 달려 늘 반 대표로 뽑혔다. 중학교 때 육상부에 들어오라는 제의를 받을 정도였다. 고등학교 때는 독서실에서 늘 제일 늦게까지 남아 주인아저씨가 "수정이가 우리 독서실에서 제일 성실해. 꼭 서울대 갈 거야."라고 칭찬해주시곤 했다. 성실함에 비해 머리가 부족했는지 비록 서울대는 못 갔지만 그래도 좋은 대학을 졸업했다. 좋은 직장임에도 적성에 맞지 않아 괴로웠지만 나름 그 안에서 내가 잘할 수 있는 부분에는 최선을 다했다. 꼼꼼하지 못해 실수가 많았지만 지점 내 영업실적은 언제나 최고였다.

좋은 남편 찾기에도 열과 성을 다하여 나를 많이 사랑해주는 멋진 남편을 만났다. 나에게는 이 세상 무엇보다 소중한 두 아들을 낳고, 현재는 전업주부로서의 삶에 최선을 다하고 있다. 전업주부가 장래 희망은 아니었지만, 엄마로서의 삶에 최선을 다할 수 있게 직장을 그만둘 수 있도록 해준 남편에게도 참 고맙다. 전업주부, 엄마로서의 삶에 집중하면서 자기계발에도 노력해 여섯 개의 자격증을 보유하게 되었다.

나는 자연을 좋아한다. 마음이 답답할 때 아이들을 데리고 집 근처 산에 가서 놀다 오면 기운이 난다. 매일 다른 모습으로 시선을 끌어 감동을 주는 하늘을 보는 게 취미다. 계절마다 달라지는 집 앞 가로수의 모습에 흥분한다. 자연을 통해 얻는 긍정의 힘과 위로의 힘은 나에게 정말 크다.

꿈에 대한 이야기를 한다는 게 다른 말이 장황하게 길어졌다. 어릴 적 나의 장래희망은 몇 번 바뀌었다. 아나운서, 선생님, 변호사 등등. 그중 작가라는 꿈은 꽤 오래도록 지속되었던 것 같다.

일기 쓰는 걸 좋아했다. 글쓰기 대회는 반 대표, 학교 대표, 구 대표, 시 대표로 전국 대회까지 나가기도 했다. 한때의 꿈이었던 작가의 길과는 전혀 다르게 고등학교 때 이과로 진학했다. 대학에서 수리과학부 통계를 전공하고 은행에서 일을 했다. 글을 쓸 일이 거의 없었다. 한참을 잊고 지냈던 글쓰기를 몇 년 전부터 SNS에 짧은 일기를 쓰며 다시 시작했다. 아들을 둘이나 키우며 지내는 일상은 시트콤 같았다. 늘 좌충우돌, 정신이 하나도 없었다. 매일이 힘들면서도 재밌었다. 글로 기록하지 않으면 아까울 만한 일상이었다.

두 아들 녀석이 던지는 말은 주옥같을 때도, 코미디 같을 때도 있었다. 그 이야기를 〈아들 둘 가진 여자〉에 일기로 썼다. 두 아들 키우며 있었던 일상에서의 일, 아들 둘 엄마로서 느끼는 고충, 감동 등을 적었다.

건이에게 한의원에서 침 맞은 사진을 보여주며 말했다.

"엄마 한의원 가서 침 맞고 왔어."

"잘했네."

"오, 엄마 걱정해준 거야?"

"아니. 침도 맞고 그래야 정신 차리지."

그래. 엄마가 침 맞고 왔으니 정신 차릴게.

우리 건이도 침 좀 맞을까?

2018년 6월 26일 적었던 일기이다. 일기를 짤막하게 적으며 나도 재미있었고 아이 키우는 많은 엄마들이 재미있어 했다. 육아하며 힘든 많은 엄마들이 지친 일상에서 잠깐이라도 내 글을 읽으며 웃을 수 있다는 게 좋았다. 열심히 일기를 써 SNS에 올렸다.

작년부터 〈정이의 시〉로 시를 적어가고 있다.

언젠가 쌍둥이 언니가 인간관계로 속상해했던 적이 있다. 마음 쓰지 말라고 위로해 줬다. 다른 사람이 마음 알아주지 않아도 나 한 사람은 알아주니 너무 마음 아파 말라고 짧게 위로의 시를 적으며 시작되었다.

내가 적는 시의 주제는 주로 자연을 보며 느끼는 기분이나 감동받은 마음, 아이를 키우며 느끼는 감정에 대한 것이다. 시를 쓰며 스스로 위로받았다. 나의 글에 공감하고 위로받는다는 사람 덕분에 행복을 느꼈다.

요즘엔 우연한 기회로 책 쓰기에 도전하고 있다. 성실함이 유일한 무기인 내가 그 성실함을 발휘해 매일 하루도 빠짐없이 쓰고 있다. 글쓰기에 빠져 괴로운 현실은 미뤄두었다. 괴로움, 슬픔, 우울, 고통 따위를 글 쓰며 흘려보냈다.

작가가 되는 것이 현재의 꿈이 되었다. 어릴 적 꾸었던 작가라는 그 꿈에 다시 도전하고 있다. 책을 내서 어떤 대단한 결과를 기대하는 건 아니다. 책을 통해 무언가를 해보겠다는 것도 아니다. 책 속에 내가 쓴 시와 관련된 이야기를 담고 싶었다. 일기 쓰듯 솔직하고 꾸밈없이 쓴 일상의 이야기를.

책을 내겠다는 구체적인 꿈을 꾸는 것만으로도 힘든 상황에서 벗어날 수 있었다. 글을 쓰면 행복하다. 이런 슬픔 앞에서 글 쓰며 행복을 느끼다니, 씩씩하고 긍정적인 성격 덕분인 걸까. 이뤄지기 힘든 꿈일지라도 꿈을 가진 것만으로 희망이 생겼다. 마음속 깊이 싹튼 희망이 행복을 꿈꾸게 해줬다.

꿈은 희망을 낳는 씨앗이다. 그 희망이 싹 터 행복을 꽃 피우리라 기대한다. 🌱

Epilogue

마치는 글의 마지막 페이지를 노트북에 띄워놓고 한참 동안 아무 것도 쓰지 못한 채 앉아 있었다. 이 책을 쓰는 동안 관심 깊게 지켜 봐준 작은아이가 말했다.

"우와, 엄마 마치는 글 써? 책 쓰기 끝난 거야?"

"그러게, 어느 새 마지막을 쓰고 있네."

몇 년 전부터 짤막하게 메모처럼 적어 내려간 일기, 시가 나의 일상이 되었다. 사진첩에 사진을 차곡차곡 끼워 넣듯 머릿속 기억, 가슴 속 추억을 차근차근 써왔다. 그렇게 쌓인 나의 일상을 담아 이 책을 완성했다. 이 책은 40년 나의 인생이다.

나의 일상을 가볍게 적어 내려간 날도, 무거운 마음으로 힘들게 적어 내려간 날도 있다. 남편의 죽음을 담은 시나 글을 쓰며 혼자 얼마나 많이 울었는지 모른다. 가슴 깊이 숨겨놓은 슬픔의 감정이 글 속에서는 마음껏 뛰어다닐 수 있어 좋았다. 행복했던 시절의 이야기를 쓸 때는 가슴이 뜨거워지며 눈물이 났다. 그 시절이 사무치도록 그리워서였을까.

두 아이 키우며 힘들었던 이야기, 인간관계로 힘들었던 이야기를 쓰면서도 많이 울었다.

'그동안 참 많이 힘들었네. 그래도 이렇게 잘 살고 있는 내가 기특해.'

스스로 기특하다는 생각이 들었다. 글을 쓰며 울고 나면 마음이 차분해지고 힘이 났다. 행복의 기운이 나를 감쌌다.

지금껏 인생을 돌이켜 보면 끝없이 크고 작은 고난이 나를 괴롭혀 방전시켰지만 다시금 긍정 에너지가 충전되어 몸과 마음을 일으켜 세웠다.

나이 먹을수록 감당해야 하는 아픔이나 고난의 순간이 많이 온 것 같다. 처음부터 그 순간을 잘 버텼던 건 아니다. 노력하다 보니 되었다. 나름의 방법을 찾았다. 성경을 열심히 읽었다. 힘든 순간을 합리화하면서 버티기도 했다. 글을 쓰며 스스로를 위로했다. 그러다 보니 긍정의 힘이 생겼다. 한번 생긴 긍정의 힘은 끝없이 차올랐다. 내 안의 긍정 에너지는 닳지도 않고 무한히 채워지고 있었다.

영원한 행복도, 끝없는 고난도 없었다. 어떤 일이든 생각하기 나름, 마음먹기 나름이었다. 죽도록 힘든 순간이 와도 언젠가는 지나 갔다. 그러니 고난의 순간에 부정적인 생각으로 나 자신을 괴롭히지 않았다. 고난 자체만으로도 힘든데 우울, 부정, 불평 따위로 나를 더 힘들게 하지 않았다. 억지로 소리 내어 웃으면 웃음이 났다. 그 시간을 버틸 수 있는 긍정 에너지가 생겼다.

긍정 에너지가 온몸 가득해서였을까, 어릴 때부터 다른 사람 위로 하는 걸 잘했다. 시집살이로 마음 고생하는 엄마를 위로했다. 크고 작은 일로 힘들어하는 가족, 친구를 위로했다. 시험 망쳤다고 속상해 하는 친구에게 공감하며 위로했다. 이별로 우는 친구의 손을 잡아주며 위로했다. 일하며 힘들어하는 남편을 위로했다. 마음처럼 잘되지 않는 육아로 힘들어하는 주변 사람을 위로했다. 인생의 고달픔을 벌써 느끼는 두 아이를 위로했다. 다른 사람을 위로하며 공감했다. 그러면서 나 자신도 위로받았다. 다른 사람이 나를 통해 위로받았다고 하면 행복했다. 행복한 만큼 긍정의 힘이 생겼다.

스스로 더 위로가 필요할 때는 자연을 통해 위로받았다. 마음이 힘든 어느 날이었다. 바람에 떨어지는 벚꽃잎이 아름다웠다. 그 모습을 보며 바람 불어 힘든 날도 있지만 바람 불어 좋은 날도 있다는 생각이 들었다. 자연을 보는 것만으로도 위로받을 수 있어 감사했다.

누군가 나에게 지금 행복하냐고 물으면 그렇다고 대답할 것이다. 나는 행복하다.

내 나이 마흔이 되기도 전에 갑자기 홀로 되었다. 망아지 같은 자유영혼의 두 아들을 혼자 키워야 한다. 길고 긴 남은 세월 막막한 적도 있지만 행복하다. 나는 커다란 부를 가진 사람이 아니다. 탄탄한 직업이 있는 사람도 아니다. 그렇지만 당장 내가 가장이 되어야 하는 상황도 아니다. 변함없이 두 아이 옆에서 전업주부로 육아에 전념할 수 있다. 그 자체만으로 감사하다.

두 아이도 전과 다름없이 잘 웃고 장난도 여전하다. 그래서 행복하다. 우리 집 그 한 사람의 빈자리가 허전하지만 주위의 많은 사람들이 그 빈자리를 채워주고 있다. 양가 부모님, 언니, 남동생, 친구들이 그렇다. 세심하게 신경 쓰며 챙겨준다. 그래서 행복하다.

매일 글을 쓴다. 화려하거나 거창하지 않지만 솔직하고 담담하게 쓴다. 그래서 행복하다. 오랜 나의 꿈인 작가의 길에 한 발짝 내딛었다. 행복하다. 행복은 대단한 게 아니다. 늘 내 가까이에 있다.

내 안에 끝없이 재생되는 긍정 에너지, 그 에너지 덕분에 위로를 전할 수 있는 힘, 나를 둘러싸고 있는 많은 행복 덕분에 내 삶은 감사하고 행복하다.

나의 인생에 함께 웃고 울어준 모두에게 고맙다는 말을 하고 싶다. 이 책을 통해 위로, 긍정의 힘, 그리고 행복, 이 세 가지를 선물하고 싶었다. 다른 사람을 위로하며 나도 위로받고 긍정의 힘이 생긴다. 긍정의 힘이 생기면 힘든 순간에도 좋게 생각하고 버틸 수 있다. 그러고 나서 주위를 둘러보면 미처 느끼지 못했던 행복을 찾게 된다. 이 책을 읽는 사람들도 결국 하나처럼 연결되어 있는 세 가지의 힘으로 인생을 행복하게 살아가기를 바란다.